Zum Autor:

Der Autor Claude LeRouge, Jahrgang 1948, wohnt in Greven. Er studierte Geschichte und Französisch in Münster und Dijon und arbeitete anschließend über 35 Jahre als Lehrer am Gymnasium Dionysianum in Rheine. Nach seiner Pensionierung begann er seinen ehemaligen Beruf zum Hobby zu machen. Er schrieb zunächst einen historischen Roman, der im Heiligen Land in der Zeit nach dem ersten Kreuzzug spielt.

Danach folgten zwei Kriminalromane, die in Greven und Umgebung spielen, dazu jeweils noch in einer anderen Gegend: in Südfrankreich, im südlichen Brandenburg und in Dresden.

Der vorliegende vierte Roman, wiederum ein Kriminalroman, spielt hauptsächlich im Münsterland. Die Leserinnen und Leser, die „Bildersturm – Dresden 1989" gelesen haben, werden einige der Handelnden wiedererkennen.

Weiteres unter www.claude-lerouge.de

Für
Christel

Claude LeRouge

Die Rache ist mein, spricht der Herr

Ein Greven-Krimi

© 2017 Claude LeRouge
1. Auflage 2017
Autor: Claude LeRouge
Titelbild: Angelika Lang, Greven

Verlag: tredition, Hamburg
ISBN: 978-3-7439-4622-4 (Paperback)
       978-3-7439-4623-1 (Hardcover)
       978-3-7439-4624-8 (e-Book)
Printed in Germany

Bibliografische Information der Deutschen Nationalbibliothek:
Die Deutsche Nationalbibliothek verzeichnet diese Publikation in der Deutschen Nationalbibliografie; detaillierte bibliografische Daten sind im Internet über http://dnb.d-nb.de abrufbar.

Claude LeRouge

Die Rache ist mein, spricht der Herr

Ein Greven-Krimi

Kapitel 1

Montag, 8. August 2016, Greven

Es war warm in Greven und dazu noch trocken. Man verlangt ja nicht viel vom Wetter: Trocken und warm, das genügt. Wohlmeinende nennen das Sommer.

Rembert Mahldorf tat das, was er jeden Tag gegen 13.00 Uhr machte. Er ging zum Briefkasten am Eingang der Einfahrt zu seinem Haus an der Königstraße. Manche Einheimische behaupten, die Königstraße hieße Königstraße, weil hier die Könige von Greven wohnen. Das mag dem einen oder anderen schmeicheln, ist jedoch falsch. Richtiger ist, dass Wilhelm II., Deutscher Kaiser und König von Preußen, ein Titel, den er als wichtiger erachtete, zu Beginn des 20. Jahrhunderts hier mit dem Auto hergefahren war.

Normalerweise erledigte Rembert Mahldorf seine Aufgabe mit einem leisen Schimpfen über seinen Vater. Dieser Depp – wie er sich auszudrücken pflegte – hatte, als er volljährig wurde, nichts Besseres zu tun gehabt, als bei Gericht einen Antrag auf Namensänderung zu stellen. Diesem Antrag war ohne weiteres nachgekommen worden, da es sich lediglich um die Löschung des kleinen adeligen „von" vor dem Namen Mahldorf handelte. So wurden aus den adeligen „von Mahldorf" die bürgerlichen „Mahldorf". Rembert war ansonsten mit dem ersten Teil seines Namens, dem Vornamen, völlig einverstanden. „Rembert" war ungewöhnlich, außergewöhnlich sogar. Aber „Rembert Mahldorf" war nichts, ein lautmalerischer Tiefschlag. „Rembert von Mahldorf" hingegen war für ihn reinste Poesie. Als er sich dieser Tatsache bewusst wurde, wurmte es ihn, es wurmte ihn sogar gewaltig. Er hatte mit allen Tricks versucht, das kleine „von" zurückzubekommen, jedoch vergeblich: Einmal adelig bedeutet immer adelig, einmal bürgerlich heißt immer bürgerlich.

Ansonsten hatte Rembert Erfolg im Leben gehabt, wirtschaftlichen Erfolg. Aber das war es nicht allein, was ihn stolz machte. Er war in der politischen Hierarchie aufgestiegen: Stadtrat, Kreistagsabgeordneter, zwei Legislaturperioden im Landtag. Die Politik hatte ihn dabei nur am Rande interessiert, obwohl er ein begabter Redner war, von denen es selbst in Düsseldorf nur wenige gab. Er konnte austeilen, wirkte aber auch immer wieder versöhnlich. Er sprach nie von politischen Gegnern oder sogar Feinden. Er nannte sie „meine anders denkenden politischen Freunde". Gegen so einen Mann konnte man nichts haben. Auf diese Weise hatte Rembert im Laufe der Zeit ein Geflecht von Beziehungen geknüpft, das irgendwann begann, Ergebnisse zu zeigen. Es waren Ergebnisse finanzieller Art.

Grundstein seines Wirtschaftsimperiums war eine kleine Baufirma gewesen, die er aus einer Konkursmasse übernommen hatte. Viel Applaus hatte es damals für ihn gegeben, schließlich hatte er fünfzehn Arbeitsplätze gerettet. Geschickt sprach er selten von diesen Arbeitsplätzen. Er schob immer die Familien seiner Angestellten in den Vordergrund. Für diese habe er es getan. In der Presse nannte man ihn einen „sozialen Menschen", manchmal sogar einen „Gutmenschen" im wörtlichen Sinne des Wortes.

Mit der kleinen Firma hatte er eine kleine Wohneinheit mit Eigentumswohnungen gebaut, die er gewinnbringend verkaufte. Das war der Beginn eines Schneeballsystems, das mit der Zeit enorme Gewinne abwarf, besonders als er aus der Politik ausgestiegen war und er keine Rücksicht mehr auf mögliche Verquickungen von Privatem und Dienstlichem nehmen musste. Er vergaß allerdings immer zu erwähnen, dass bereits sein Vater ihm ein beträchtliches Vermögen hinterlassen hatte. Jetzt war er reich, stinkreich wie er selbst manchmal sagte.

Heute ging er, trotz einer kleinen Schimpftirade auf seinen Vater, gut gelaunt zum Briefkasten. Heute erwartete er Post von verschiedenen Banken. Die Ergebnisse seiner Spekulationen kannte er bereits: Millionengewinne. Er hatte durch intensive Recherchen eine australische Aktie ausgemacht, die durch ungewöhnliche Kurssprünge auffiel: eine Zockeraktie. Eigentlich das, was die Amerikaner als Pennystocks bezeichnen, eine Aktie, deren Wert sich im Bereich von nur wenigen Cent bewegte, doch Kurssprünge von vier auf sechzehn Cent innerhalb einer Woche aufwies. Allerdings auch ähnliche Kursstürze. Keine sichere Gewinnmöglichkeit, da ein zu großes Risiko bestand. Broker handelten vierundzwanzig Stunden am Tag. Das hatte Rembert genutzt. Er hatte über vier Broker-Firmen jeweils eine Million Euro gesetzt. Durch ständiges Kaufen und Verkaufen hatte er aus vier Millionen Euro achtundzwanzig Millionen gemacht. Gut, Steuern würde er zahlen müssen. Aber da würde ihm auch noch etwas einfallen. Sozialer Wohnungsbau mit ungeahnten Förder- und Abschreibungsmöglichkeiten zum Beispiel.

Rembert öffnete das rückwärtige Türchen seines Briefkastens und entnahm diesem einen ganzen Stapel an Briefen. Bei dreien dieser Briefe erkannte er sofort den Absender: Banken. Die vierte würde sich wohl morgen melden. Das Ergebnis kannte er ja schon.

Ein Gedanke durchfuhr ihn: Was sollte er eigentlich mit dem ganzen Geld machen? Er war selbstkritisch genug, um zu erkennen, dass er in Dagobert-Duck-Manier lebte: Nur der Besitz zählt.

Er war siebzig, also kein junger Mann mehr, obwohl er sich manchmal noch verdammt jung fühlte. Besonders, wenn er mit seiner achtundzwanzigjährigen Haushälterin im Bett lag. Daniela hatte Qualitäten, die er bei anderen Frauen vergeblich gesucht hatte. Er hatte sie einfach gefragt, ob sie Lust und Interesse hätte. Sie hatte beides, denn das finanzielle Angebot war verlockend. Er stockte ihr Gehalt um zweitausend Euro auf. „Dann hast du auch etwas für die Rente", hatte er gesagt. „Und jedes Mal, wenn wir zusammen sind, bekommst du je nach Leistung zwischen zweihundert und fünfhundert Euro." Spätestens hier würden alle Frauenrechtlerinnen die Hände über dem Kopf zusammenschlagen. Für Rembert war es lediglich eine finanzielle Vereinbarung. Nicht mehr. Danielas Leistungen waren fantastisch, sie ging im Bett ab wie eine Rakete und fünfhundert waren ihr mehrmals im Monat sicher. Dazu war sie diskret, sehr diskret. Sie vernachlässigte ihre sonstigen Aufgaben nicht. Nur im Schlafzimmer duzte sie ihn. Ansonsten blieb es beim Förmlichen „Sie". Für Rembert war diese Lösung einfach und bequem, wenn auch teuer. Aber Daniela war es wert. Er würde ihr etwas hinterlassen. Wie viel, das wusste er noch nicht. Aber eine Summe, die für sie sehr viel sein würde.

Wem sollte er sonst noch etwas hinterlassen? Seinem Sohn aus erster Ehe? Er würde ihm etwas hinterlassen müssen. Auch wenn dieser Sohn der größte Dummkopf war, den er kannte. Oft fragte er sich, ob er wirklich der Vater war. Er, Rembert, hielt sich selbst für ein durchaus gelungenes Exemplar der Spezies Mann. Sein Sohn war für ihn ein misslungenes Exemplar: dick, dumm und gefräßig.

Dass das nur zum Teil stimmte, hatte Rembert nie bemerkt, da das Interesse an seinem Sohn minimal war. Rembert hatte ihn in eine seiner Firmen gesteckt, die sich mit Fahrbahnmarkierungen befasste. „Gerade Striche ziehen, das wird er schon können", dachte er und hatte Recht.

Vater und Sohn sahen sich, obwohl beide kaum zwei Kilometer auseinander wohnten, nur wenn es unumgänglich war: an Geburtstagen und zu Weihnachten. Trotzdem gab es immer Streit. Remberts Sohn konnte sich nicht beherrschen, er war jähzornig, er schrie, pöbelte und prügelte sich. Rembert mochte ihn nicht. Möglichst wenig sollte er erben.

Seine erste Frau war bei der Scheidung abgefunden worden. Sie hatte keine Ansprüche mehr. Außerdem wusste Rembert nicht einmal, wo sie sich zurzeit aufhielt. Er hatte sie zu Beginn der Ehe geliebt, doch die Trennung war vorhersehbar. Es war zu viel geschehen.

Seine zweite Frau, eine lokale Schönheitskönigin, – Rembert hatte in der Jury gesessen – war sehr zielstrebig in die Beziehung gegangen. Noch in der Nacht ihrer Wahl hatte sie sich intensiv bei Rembert bedankt. Als sie nach sechs Monaten heirateten, wusste Rembert, auf wen er sich eingelassen hatte: eine Goldgräberin. Der Ehevertrag war bewusst so lang und so kompliziert, damit das schöne Dummchen den Durchblick verlor. Nach zwei Jahren stand sie mit nicht sehr viel mehr da als vor der Ehe. Kinder waren aus dieser Ehe nicht hervorgegangen.

Auch seine dritte Ehe scheiterte. Immerhin gab es eine Tochter, Laura. Diese hatte sich ihm entzogen. Rembert hatte sie zum letzten Mal kurz nach ihrem achtzehnten Geburtstag gesehen. Sie hatte gerade ihr Abitur gemacht und teilte ihm nur mit, dass sie in die USA gehen würde.

„Soll ich ...?", hatte er damals gefragt.

„Nein, das schaffen Mama und ich schon", war die knappe Antwort gewesen.

Seitdem gab es keinen Kontakt mehr, weder zu Laura, noch zur Mutter. Das war jetzt acht Jahre her.

Was blieb ihm? Eine Stiftung? Oder doch eine größere Summe für Daniela? Aber das hielt Rembert für übertrieben. Nur wegen zugegebenermaßen exzellenter Leistungen im Bett? Nein! Vielleicht etwas mehr als gedacht, aber nicht zu viel.

Rembert war ins Haus zurückgekehrt und setzte sich in seinem Arbeitszimmer in einen gewaltigen Sessel. Er liebte es, Briefe mit dem Finger aufzureißen. Zunächst öffnete er so die Post der drei Banken. Ein breites Lächeln ging über sein Gesicht: „Rembert, du bist ein Genie. Du hast mal wieder alles richtig gemacht."

Danach entsorgte er einige Reklamesendungen. Dann nahm er den letzten Brief und erstarrte, als er die Adresse sah: Herrn Rembert v. Mahldorf. Nie hatte er mit irgendjemandem über das „von" gesprochen. Auch seine Bemühungen von damals, als es um die Wiederherstellung des alten Namens ging, waren sehr diskret gewesen. Jetzt stand dort dieses „von", reduziert auf einen Buchstaben. Mit leicht zittrigen Fingern entnahm er eine gefaltete Briefkarte: Münster 1994, Eindrücke einer Stadt. Er öffnete die Briefkarte und sah nur einen einzigen Satz: „Die Rache ist mein, spricht der Herr." Rembert sank in seinem Sessel zusammen.

Kapitel 2

Romuald Mahldorf nannte sich selbst immer Rom. Den Vornamen Romuald hielt er für eine Boshaftigkeit seines Vaters. Doch das stimmte nicht. Bei der Wahl des Vornamens hatte sein Vater noch eine vage Hoffnung auf das kleine adelige „von" gehabt. Doch das wusste Romuald nicht und er würde es nie erfahren. Für Rom war klar, dass sein Vater ihn nicht mochte, nie gemocht hat. So ganz stimmt diese Annahme nicht, einmal, vor zweiundzwanzig Jahren, hatte er etwas für ihn getan und damit etwas in Gang gesetzt, was bis heute seine Auswirkungen hatte.

Danach hatte Rom angefangen zu trinken. Jetzt trank er jeden Abend eine halbe Flasche Schnaps, Gabiko wie man in Greven sagt: ganz billiger Korn. Dass seine Leber das noch aushielt sprach für die Qualität dieses Organs. Trotzdem war Rom kein klassischer Alkoholiker. Er trank nicht, weil er süchtig war, sondern um schlafen zu können. Um überhaupt schlafen zu können, hatte er es zuerst mit frei verkäuflichen Mitteln versucht. Aber er hätte dieses Zeugs wohl kiloweise schlucken müssen, damit es Wirkung gezeigt hätte. Ein Arzt hatte zu einem Abendspaziergang geraten. Die frische Luft würde das Einschlafen erleichtern. Rom musste sich sehr zusammenreißen, um den Arzt nicht zu verprügeln, schließlich hatte er bei seiner Arbeit den ganzen Tag frische Luft.

Seine Prügeleien waren ein Problem. Sobald er Widerspruch vermutete oder sich angegriffen fühlte, schlug er zu. Das hatte ihm mehrere Prozesse eingebracht, die zumeist mit Geldstrafen, einmal mit einer Bewährungsstrafe endeten. Der Richter hatte jedoch eine Auflage gemacht: Bewährung nur, wenn er einer Entziehungskur zustimmen würde. Wohl oder übel hatte er sich einer fast achtwöchigen Kur in Lengerich unterzogen.

Nebenbei hatte man dort alle möglichen Tests mit ihm gemacht. Einer dieser Tests hatte gezeigt, dass Rom lediglich über einen IQ von 80 verfügte, das heißt, er war nur bedingt zurechnungsfähig. Rom hatte gelächelt, als er das Ergebnis vernahm. Er hatte es diesen Schwachmaten gezeigt. Er wusste, dass er nicht der Intelligenteste war. Aber ein IQ von 80: Blödsinn. Die Ärzte hätten sich nur seine Schulzeugnisse ansehen müssen. Die sogenannte Mittlere Reife hatte er gepackt, ohne auch nur einmal sitzen zu bleiben. Mit einem IQ von 80 schafft man das nicht. Man sollte sich nicht nur auf Tests verlassen. Aber Rom war nun offiziell nicht mehr voll zurechnungsfähig. Das war es, was er gewollt hatte. Wenn er jetzt zuschlug, konnte ihm nicht mehr viel passieren.

Dieser Gedankengang war nicht ganz richtig. Rom hatte den Mund nicht halten können und so machte diese Nachricht in Greven die Runde. Rom fand nun niemanden mehr, den er solange provozieren konnte, bis es zur Schlägerei kam. Einmal war es dann doch passiert. Großzügig hatte Rom gesagt: „Gehen wir nach draußen. Das wird nachher kein appetitlicher Anblick sein." Es war auch kein appetitlicher Anblick. Rom war in eine Falle geraten. Draußen hatten drei weitere junge Männer gestanden, die Rom so gewaltig verprügelt hatten, dass er erst nach zwei Wochen das Krankenhaus verlassen konnte. Seitdem war er vorsichtiger geworden und trank mehr.

Roms Haus lag am Stadtrand von Greven, im äußersten Süden. Grevener nannten diesen Stadtteil auch „die Vogelwelt", weil ein Teil der Straßen nach Singvögeln benannt war: Amsel, Drossel, Fink und Star fanden sich dort in den Straßenbezeichnungen wieder.

Der Garten von Roms Haus machte den Eindruck, als hätten verschiedene Saatgutproduzenten neue Unkrautsorten ausprobiert. Manchmal wurde es sogar Rom zu wild. Dann kämpfte er mit einer Motorsense gegen die Wildnis an.

Roms Vater behauptete immer, im Haus würde es aussehen, wie in einer Rumpelkammer. Das war untertrieben. Es sah eher aus wie auf einer Mülldeponie. Rom kam gewöhnlich gegen 18.00 Uhr nach Hause. Stocknüchtern. Während der Arbeit trank er nicht. Nie. Typische Alkoholiker trinken den ganzen Tag über. Rom nicht. Typische Alkoholiker decken ihren Kalorienbedarf hauptsächlich aus dem Alkohol. Rom nicht. Zwei Tiefkühlpizzen oder vier Curry-Würste mit Pommes waren sein normales Essen. Fastfood war Roms Leidenschaft und er hatte eine entsprechende Figur entwickelt: 150 kg bei 1,80 m Körpergröße.

Es war kurz nach 18.00 Uhr, als Rom sein Haus betrat. Ein Tritt gegen die am Boden liegende Post und der Weg in die Küche war wieder zu erkennen. Doch halt. Er erwartete eine Rechnung. Seine Heizung war ausgefallen, er hatte kalt duschen müssen. Er bückte sich und sammelte die Tagespost wieder auf. Die Reklame flog über seine Schulter auf den Boden zurück: Küchenprospekte von drei Möbelhäusern. Wer kauft sich eigentlich jährlich eine neue Küche? Dann entdeckte er den Brief vom Heizungsbauer. Er riss ihn auf und überflog die Rechnung. Fast 700 €. Damit hatte er gerechnet und er würde den Betrag überweisen. Dann war da noch ein Brief. Er öffnete auch ihn. Der Inhalt: ein Foto. Das Bild einer heftig zusammengeschlagenen Frau, einer jungen Frau, leicht zu erkennen, denn die Frau war nackt. Unter dem Foto: „Das warst du. Ich musste dafür büßen. Jetzt bist du an der Reihe." Rom rannte zum Kühlschrank, riss eine Schnapsflasche heraus, öffnete sie und trank sie zur Hälfte aus. Er wartete eine Weile und wollte nachdenken. Schließlich wollte er noch einmal aus der Flasche trinken, aber der Alkohol begann zu wirken. Der Schnaps floss ihm aus dem Mund, Rom schwankte und fiel der Länge nach hin. Der Alkohol ergoss sich über seinen Körper.

Kapitel 3

Brigitte – genannt Biggi – Lagonda war trotz ihres Nachnamens waschechte Grevenerin. Ihren Nachnamen hatte sie einem italienischen Vorfahren zu verdanken, der vor weit über einhundert Jahren aus Norditalien nach Westfalen gekommen war, um beim Bau des Dortmund-Ems-Kanals zu helfen. Agenten waren damals durch ganz Europa gezogen, um Arbeiter anzuwerben. Handarbeit war noch sehr gefragt. Franco war stark, er konnte arbeiten, lange und ausdauernd. Er wurde schnell Vorarbeiter einer kleinen Gruppe von Italienern, denn er war der Einzige, der es schnell geschafft hatte, Deutsch zu sprechen.

Als diese Gruppe sich bis auf die Höhe von Greven vorgearbeitet hatte, sah Franco eines Abends im Schein der untergehenden Sonne eine junge Frau. Es war Liebe auf den ersten Blick, auch bei der jungen Dame. Ihre Eltern hatten nichts gegen diese Beziehung. Bei sechzehn Kindern war jeder Esser weniger ein Gewinn.

Biggi war nun die letzte dieser Familie. Sie war schon über vierzig, sah aber jünger aus, sehr viel jünger. Der Alterungsprozess war an ihr anscheinend spurlos vorübergegangen. Sie wohnte in einem Einfamilienhaus in Grevens Norden, das ihr aufgrund eines Gerichtsentscheids zugesprochen worden war. Finanziell ging es ihr gut, ausgesprochen gut sogar. Theoretisch war sie nicht einmal auf ihr Einkommen als Leiterin der Kosmetikabteilung in einem großen münsterschen Kaufhaus angewiesen, da sie über große Rücklagen verfügte. Sie liebte es aber, dort mit ihrem Alter zu prahlen. Ihr blendendes Aussehen führte sie auf die von ihr empfohlenen Pflegeprodukte zurück, was sehr verkaufsfördernd war.

Sie lebte allein. Als sie noch jünger war, hatte es einige Male die Möglichkeit gegeben, sich fest zu binden. Aber Biggi hatte eine Charakterschwächen: Sie nutzte Männer lediglich finanziell aus. Das sprach sich rum. Trotz ihres attraktiven Äußeren fanden sich schließlich keine ernsthaften Interessenten mehr. Seitdem wechselten ihre Beziehungen immer schneller. Und sie wurden jünger, eher ihrem Aussehen entsprechend als ihrem Alter. Biggi war nicht zufrieden mit diesem Zustand, aber wie sollte sie ihn ändern?

Als sie gegen 19.30 Uhr von der Arbeit zurückkehrte, öffnete sie wie immer vorsichtig die Haustür. Sie wollte die potentielle Post nicht beschädigen. Doch sie bekam selten Post, zumeist Reklame. Diesmal aber lag ein Brief auf dem Boden. Kein Absender. Sie öffnete den Brief, eine gefaltete Briefkarte: Impressionen der Grevener Kirmes von 1994. Auf der Innenseite ein kurzer Text: „Früher konnte man für 100 DM von dir fast alles bekommen, für 200 DM wirklich alles. Was kostet bei dir ein Mensch?"

Biggi schrie so laut sie konnte. Dann brach sie zusammen.

Kapitel 4

Am selben Tag, nachmittags in Münster, Geistviertel und Mauritzviertel

Der ehemalige Richter Ernst Gödden und der ehemalige Staatsanwalt Werner Scherzberger bekamen fast zeitgleich Post. Auch der Inhalt der beiden Briefe war identisch. Ein Bild des Gerichtsgebäudes auf dem Äußeren der Klappkarte und ein Text im Innern: „Was kostet die Freiheit? Ich bin zurück und fordere Gerechtigkeit."

Die beiden ehemaligen hohen Beamten kannten sich. Vor langer Zeit hatten sie sich sogar sehr gut gekannt. Als jüngere Beamte hatten sie gemeinsam in einem Golfclub gespielt, sie hatten gemeinsam mit ihren Frauen aktiv am gesellschaftlichen Leben des Clubs teilgenommen. Später war etwas geschehen, was eigentlich nie hätte passieren dürfen. Dadurch hatten sie sich auseinandergelebt. Es hatte keinen Streit gegeben, nur sie konnten nicht mehr miteinander reden. Es gab für sie nur ein Thema und es war genau das Thema, über das sie weder reden konnten noch wollten. Also schwiegen sie sich an bis Ernst Gödden, ohne Werner Scherzberger zu informieren, den Verein verließ und sich einem anderen Verein anschloss. Beruflich hatten sie noch häufiger zusammen im Gerichtssaal gesessen, lustlos und wenig überzeugend. Später hatten sie es geschafft, nicht mehr im gleichen Prozess eingesetzt zu werden. Nach ihrer Pensionierung war der Kontakt völlig abgerissen, kein Kontakt seit mehreren Jahren.

Scherzberger saß wohl zwei Stunden in seinem Arbeitszimmer. Er hatte versucht, mit der Situation klar zu kommen. Doch ohne Erfolg. Dann griff er zum Telefon und tat das, was er eigentlich für immer hatte vermeiden wollen. Er rief Ernst Gödden an.

„Gödden."

„Ich bin's. Hast du auch Post bekommen?"

„Ja."

„Ich dachte, er wäre tot."

„Das dachte ich auch."

„Und jetzt?"

„Wir müssen uns treffen."

„Wann und wo?"

„Dort, wo niemand mithören kann. Übermorgen um 10.00 Uhr auf dem Waldfriedhof Lauheide."

„Einverstanden."

Kapitel 5

Greven, der gleiche Tag, 20.30 Uhr

Es hatte lange gedauert, bis Brigitte Lagonda wusste, was sie zu tun hatte. Es geschah allerdings nicht aus Überzeugung, sondern nur, weil sie sich nicht mehr zu helfen wusste. Gegen 20.30 Uhr nahm sie all ihren Mut zusammen und rief den Mann an, dem sie alles verdankte, ihr Vermögen und ihr schlechtes Gewissen, den sie aber seit zweiundzwanzig Jahren nicht mehr gesprochen hatte, obwohl er höchstens einen Kilometer Luftlinie entfernt wohnte. Solange sie mit anderen Menschen zu tun hatte, bei der Arbeit oder privat, war sie abgelenkt. Sobald sie aber alleine war, was immer häufiger vorkam, hatte sie nur einen Gedanken: Warum hast du das damals gemacht? Und sie kannte die Antwort: aus Geldgier.

„Mahldorf."

„Lagonda. Ich habe Post von ihm bekommen."

„Ich ebenfalls. Hat er Sie bedroht?"

„Nein. Er hat lediglich gefragt, was bei mir ein Mensch kostet."

„Wieso diese Frage? Erinnern Sie sich an einen Zusammenhang?"

„Natürlich. Als er damals aus dem Gerichtssaal geführt wurde, wandte er sich noch einmal an mich und stellte mir diese Frage. Was will er?"

„Ich weiß es nicht."

„Und was hat er Ihnen geschrieben?"

„Er hat meinen letzten Satz im Prozess zitiert: ‚Die Rache ist mein, spricht der Herr.' Ich erinnere mich noch sehr genau."

„Ich dachte immer, er sei im Gefängnis gestorben. Das haben Sie mir vor etwa zwölf Jahren auf dem Wochenmarkt zugeflüstert."

„Ich wollte Sie beruhigen."

„Das ist Ihnen nur für einen kurzen Zeitraum gelungen. Die Erinnerung kommt aber immer wieder zurück. Und was machen wir jetzt?"

„Ich weiß es noch nicht. Wir müssen abwarten. Wenn er etwas will, muss er sich melden und seine Forderungen stellen. Ich habe genügend Geld, um für unsere Sicherheit zu sorgen. Aber zunächst müssen wir wissen, was er will."

„War er vielleicht schon hier und hat uns beobachtet?"

„Der Gedanke ist mir auch schon gekommen, denn mein Brief wurde im Briefverteilungszentrum Reckenfeld abgestempelt."

„Meiner auch. Warum aber kommt er jetzt erst zurück, nach zweiundzwanzig Jahren?"

„Darauf kann ich mir keinen Reim machen. Für mich ist das völlig unverständlich."

„Nach so langer Zeit ist doch alles verjährt. Nur Mord verjährt nicht und so eine Schuld haben wir nicht auf uns geladen."

„Warten wir einfach ab. Wir sollten aber mit niemandem darüber reden. Der Fall ist seit zweiundzwanzig Jahren abgeschlossen. Niemand denkt mehr daran. Und deshalb sollten wir keine schlafenden Hunde wecken."

Kapitel 6

Dienstag, 9.8.2016, 6.00 Uhr, Greven

Gegen 6.00 Uhr erwachte Romuald Mahldorf aus seinem Rausch. Der ganze Flur stank nach Alkohol, er selbst auch. Rom musste sich erst orientieren, dann wurde ihm wieder alles klar. Er nahm, immer noch auf dem Boden sitzend, den Brief und las ihn noch einmal. Es war kein Alptraum gewesen, es war die Realität. Eine Realität, die er jahrelang mit Alkohol zugeschüttet hatte, hatte ihn eingeholt. Er sollte büßen, nach zweiundzwanzig Jahren sollte er büßen. Ihm war vollkommen klar, wofür er büßen sollte. Aber wie sollte das geschehen? Zu Beginn hatte er einmal mit seinem Vater darüber geredet. Der hatte ihm erklärt, dass nach deutschem Recht niemand wegen eines Verbrechens zweimal angeklagt werden könne. Aber er, Rom, war nie angeklagt worden. Doch nach zehn Jahren verjährt alles mit Ausnahme von Mord. Und er hatte niemanden ermordet. Wie also sollte er büßen? Er musste, ob er wollte oder nicht, mit seinem Vater reden. Doch dazu war es noch zu früh. Doch da gab es etwas, was er ändern musste: der Alkohol. Er musste nüchtern sein, wenn er kommen sollte. Er, Rom, hatte keine Angst vor einer Auseinandersetzung. Mit seinen einhundertfünfzig Kilo würde er dem schmalen Hemd schon gewachsen sein, doch nicht in seinem allabendlichen alkoholisierten Zustand. Alkohol adé! Keinen Tropfen mehr. Er wollte Gegner sein, nicht Opfer. Doch halt! Hatte er zu einfach gedacht? Ein Schuss und das war's. Rom musste vorbereitet sein. Und er tat das, was er seit Jahren nicht mehr getan hatte: Er fing an aufzuräumen. Die Papiersäcke füllten sich mit Pappe und Papier, die Gelben Säcke mit Plastikabfall und Verbundstoffe, den Rest trug er nach draußen zur Restmülltonne.

Zwei Stunden später sahen Flur, Wohnzimmer und Küche wieder bewohnbar aus. Rom stand unter der Dusche. Sehr angenehm, das warme Wasser. Die Rechnung würde er sofort anweisen. Die

Waschmaschine versuchte bereits der schmutzigen Wäsche Herr zu werden.

„Verdammt", dachte Rom, „da kommt so ein blöder Brief und du fängst an, dein gesamtes Leben zu ändern."

Dann rief er seinen Vater an: „Hallo, hier ist Rom. Ich habe einen Brief erhalten. Der angeblich Tote ist zurück."

„Ich weiß, denn ich habe ebenfalls Post bekommen. Am besten kommst du sofort zu mir. Wir müssen reden."

Kapitel 7

Dienstag 9.8. 2016, 9.30 Uhr, Greven

Es klingelte bei Rembert Mahldorf. Dieser öffnete die Tür und bat seinen Sohn einzutreten.

„Hallo Rom. Komm rein! Hast du schon gefrühstückt?"

„Nein, ich hatte keinen Hunger."

„Das kann ich mir vorstellen. Es war auch für mich ein Schock. Ich habe Daniela gebeten, etwas für uns hinzustellen. Dann habe ich ihr freigegeben. Sie muss nicht mitbekommen, was wir besprechen."

„Ich dachte immer, die ganze Sache sei erledigt. Du hast mir vor langer Zeit erzählt, er sei kurz nach seiner Entlassung aus dem Gefängnis bei einem Überfall umgekommen. Jetzt erhalte ich einen Brief, in dem der angeblich Verstorbene Gerechtigkeit fordert und mir mitteilt, dass es jetzt an mir sei, zu büßen. Ist der Brief nun echt oder eine Art Fälschung? Irgendjemand hat Wind von der Sache bekommen und versucht Unruhe zu stiften. Forderungen hat er ja nicht – besser gesagt – noch nicht gestellt. Oder?"

„Nein. In dem an mich gerichteten Brief stand auch keine Forderung finanzieller Art. Auch Biggi hat so einen Brief erhalten. Ohne jegliche Forderung. Und es ist bestimmt kein Trittbrettfahrer, wenn du darauf anspielst. Niemand kennt die Wahrheit über den Prozess. Nur die, die unmittelbar beteiligt waren. Und die wären dumm, den Mund aufzumachen. Um es klar zu sagen: Es hat damals überhaupt keinen Überfall gegeben. Das habe ich erfunden, um euch zu beruhigen. Folglich ist er auch nicht tot. Er ist zurück."

„Und wenn er doch tot ist, aber seine Geschichte vorher jemandem erzählt hat, der nun versucht schnell an Geld zu kommen?"

„Daran habe ich noch gar nicht gedacht. Wenn es so wäre, dann ist die Sache für uns einfacher, dann ist es jemand, der nur Geld haben will. Doch ich glaube, er lebt. Ich habe plötzlich ein sehr ungutes Gefühl."

„Und was nun?"

„Ich kann es dir nicht sagen. Ich weiß nicht einmal, ob die beiden Münsteraner ebenfalls Post erhalten haben."

„Aber wir können doch nicht so tun, als sei nichts geschehen."

„Wir können nur abwarten. Denn wie sollen wir auf etwas reagieren, das wir nicht kennen? Aber sei beruhigt. Ich habe schließlich genügend Geld, um ein paar starke Jungs zu engagieren, die uns rund um die Uhr beschützen. Bleib ruhig!"

„Das lässt sich leicht sagen. Und wenn er auf uns schießt?"

„Er wird nicht schießen. Er will uns Auge in Auge bestrafen. Das spüre ich. Vielleicht stellt er ja auch nur finanzielle Forderungen. Die wären leicht zu erfüllen."

„Aber sollen wir uns einfach erpressen lassen?"

„Wir dürfen keinen Staub aufwirbeln. Wir können nicht zur Polizei gehen und die Briefe dort vorzeigen. Zudem gibt es bestimmt noch einige Grevener, die sich an den Prozess erinnern. Rein rechtlich gesehen, ist an dem Urteil kaum zu rütteln."

„Vor Gericht bekommt man ein Urteil, und das muss nicht unbedingt etwas mit Recht oder Gerechtigkeit zu tun haben. Das haben wir doch selbst erlebt."

Rembert sah seinen Sohn erstaunt an. So kannte er ihn nicht.

„Es ist einfach zu lange her", meinte Rembert. „Vielleicht lief es aber manchem Beobachter zu glatt. Seit zweiundzwanzig Jahren hat keiner mehr davon gesprochen, es interessiert niemanden mehr. Aber wir haben August, große Ferien, Saure-Gurken-Zeit. Wenn so ein Zeitungsfuzzi jetzt etwas wittert, könnte es unangenehm werden. Und wer weiß, ob Biggi den Mund halten kann? Vielleicht ist es aber auch gar nicht so schlimm, wie wir denken und es löst sich in Wohlgefallen auf."

„Hoffen wir es."

„Rom, wir hatten nie das beste Verhältnis. Aber irgendwie gehören wir zur selben Familie. Wenn es hart auf hart kommt, stehe ich an deiner Seite. Doch auf eins solltest du verzichten: den Alkohol. Im betrunkenen Zustand bist du kein Gegner, auch nicht für dieses schmale Handtuch."

„Ich habe gestern Abend den letzten Tropfen getrunken. Ich will nicht vollkommen schutzlos sein und reagieren können, wenn es sein muss."

Kapitel 8

Mittwoch, 10.8.2016, Münster, Waldfriedhof Lauheide, 10.00 Uhr

Punkt 10.00 Uhr trafen sich zwei Männer vor dem Eingang des Waldfriedhofs Lauheide. Trotz des warmen Wetters trugen sie Jacken. Aus Respekt gegenüber den Toten? Wohl kaum. Ihnen war einfach nur unwohl bei dem Gedanken an das, was sie jetzt zu bereden hatte. Sie froren trotz des warmen Wetters.

„Nun?", fragte Ernst Gödden. „Hast du eine Idee, was wir tun können?"

„Ich habe keine blasse Ahnung, wie wir unser Problem lösen können", antwortete Werner Scherzberger. „Das Gefährlichste für uns liegt eventuell noch in der Asservatenkammer der Kriminalpolizei."

„Vielleicht. Aber nach zweiundzwanzig Jahren ist es eher unwahrscheinlich, dass das Corpus delicti dort noch liegt und nicht schon lange entsorgt wurde. Wen interessiert noch ein Fetzen Stoff, der in einem längst erledigten Fall einmal eine Rolle gespielt hat? Aufbewahrt werden doch hauptsächlich Dinge, die in unerledigten Fällen wichtig waren. Man hofft dann auf eine spätere Aufklärung. Und außerdem ist es mehr als fraglich, ob die Blutreste nach so langer Zeit – selbst bei den technischen Möglichkeiten von heute – noch verwertbar sind. Doch darüber müssen wir uns keine Gedanken machen, denn wir haben keinen Zugriff auf dieses Stück Stoff."

„Das stimmt. Aber es bleibt dieses ,vielleicht' und damit die Unsicherheit. Wir hätten zu unserer aktiven Zeit dieses Stück Stoff entsorgen lassen sollen. Es war ein abgeschlossener Prozess, ohne Revisionsmöglichkeit."

„Ja, wir fühlten uns überlegen, zu stark, zu hochnäsig. Werden wir jetzt büßen müssen?"

„Das mag sein. Und ehrlich gesagt ist es mir nach zweiundzwanzig Jahren schlechtem Gewissen fast egal. Der preußische Beamte des 19. Jahrhundert war unbestechlich. Er verdiente zwar nicht die Welt, für damalige Verhältnisse aber recht gut. Dazu kam die Pension und damit eine sichere Altersversorgung. Dies alles hätte er bei einer gröberen Unkorrektheit aufs Spiel gesetzt. Lohnt sich das? Wir haben einen Prozess so weit manipuliert, dass jemand, von dem wir wussten, dass er unschuldig war, für zehn Jahre ins Gefängnis gehen musste. Wir haben sogar dafür gesorgt, dass er nicht vorzeitig entlassen werden konnte. Nur frage ich mich, warum kam er nicht nach zehn Jahren zurück, sondern erst jetzt nach zweiundzwanzig Jahren. Das ergibt keinen Sinn."

„So denke ich auch. Zunächst dachte ich, er müsste noch Beweismaterial sammeln. Aber zwölf Jahre lang? Das ist alles sehr unwahrscheinlich."

„Wir sollten entgegen allen Vereinbarungen Mahldorf kontaktieren. Wir müssen wissen, ob die anderen Beteiligten ebenfalls Post erhalten haben."

„Dann machen wir das so. Ich übernehme das und informiere dich anschließend."

Kapitel 9

Der IC 2218 aus Basel über Stuttgart, Mainz, Köln und Münster nach Hamburg-Altona hielt pünktlich um 14.54 Uhr in Münster, Hauptbahnhof. Dass der Zug auf die Minute pünktlich in Münster ankam, grenzte schon an ein Wunder, denn das Fahrgastaufkommen war enorm, was die Aufenthalte an den einzelnen Bahnhöfen verlängerte. Wer keine Sitzplatzreservierung vorgenommen hatte, stand während der ganzen Reise.

Jean-Luc Beauchamps hatte reserviert, er fuhr 1. Klasse und saß an einem Vierertisch in einem Großraumwagen. Die übrigen drei Passagiere waren in Mainz zugestiegen: eine jüngere Dame, Mitte 20 und ein älteres Ehepaar. Beauchamps war ziemlich groß, etwa 1,90 m und wirkte kräftig. Er hatte dunkelbraunes schulterlanges Haar und trug einen gepflegten Vollbart. Sein Alter war deshalb kaum zu erraten. Das ältere Ehepaar war schon kurz nach der ersten Fahrkartenkontrolle eingeschlafen. Die junge Dame war sehr an einem Gespräch mit Beauchamps interessiert, verlor aber das Interesse, als sie erfuhr, dass er nur bis Münster fuhr.

In Münster verließ Beauchamps den Zug mit großem Gepäck: einem Rollkoffer, einem kleineren Trolley und einer Umhängetasche. Er hatte im Internet erfahren, dass der Bahnhof von Münster jetzt in etwa so aussah wie 1945: Das Hauptgebäude existierte nicht mehr. Es war einem geplanten Neubau gewichen. Die Taxis warteten jetzt hinter dem Bahnhof, am Bremer Platz. Beauchamps verließ die Unterführung, links warteten die Taxis.

„Zur Turmstraße, bitte", sagte er zum Taxifahrer. „Und können Sie einmal vor dem Bahnhof herfahren? Ich habe Münster seit vielen Jahren nicht mehr gesehen."

„Dann hätten Sie erst in zwei Jahren kommen sollen. Nach dem Stand der jetzigen Planung soll der Bau zwar Mitte 2017 fertiggestellt sein, aber die Bauarbeiter müssen nur eine Bombe finden, dann verzögert sich die Geschichte. Und nirgendwo findet man so viele Bomben wie hier in Münster."

Zwanzig Minuten später hielt das Taxi am gewünschten Ort. Beauchamps zahlte und ging mit seinem Gepäck in Richtung eines der älteren Häuser. Auf dem Klingelschild fand er sofort den Namen: Bartenscheid. Er klingelte und Gertrud Bartenscheid, Witwe, Mitte 70, öffnete die Tür.

„Beauchamps", stellte er sich vor.

„Bonjour, M. Beauchamps", erwiderte sie. Dann zuckte sie mit den Schultern: „Je ne parle plus français."

„Das macht nichts", antwortete er, „meine Mutter war Deutsche. Mit ihr habe ich immer Deutsch gesprochen."

„Gott sei Dank. Das Vermittlungsbüro hatte nur gesagt, dass mein neuer Mieter Franzose sei und dass er für etwa drei Monate bleiben würde."

„Ja, länger werde ich nicht bleiben. Ich bin nur hier, um eine sehr komplizierte Familienangelegenheit zu klären."

„Es ist gut, dass Sie Deutsch sprechen, denn mein Schulfranzösisch ist ziemlich eingerostet. Deshalb habe ich meine Enkelin Sophie gebeten, heute zu Hause zu bleiben. Sie spricht recht gut Französisch. Sophie!"

Sophie erschien: groß und hübsch, lange schwarze leicht lockige Haare, Mitte Zwanzig: „Guten Tag. Dann werde ich ja wohl nicht mehr benötigt." Sie sah ihn an und fuhr fort: „Aber es ist gut, einen Mann im Hause zu haben. Auf Wiedersehen. Tschüss Oma."

Damit war sie verschwunden.

„Sophie wohnt bei mir", erklärte Frau Bartenscheid. Ihre Eltern sind vor über zehn Jahren verstorben. Verkehrsunfall. Sie studiert Medizin."

„Können Sie mir jetzt bitte mein Zimmer zeigen?", fragte der neue Mieter.

„Es ist eigentlich etwas mehr als ein Zimmer, eine Art Apartment, Wohn- und Schlafzimmer mit kleiner Küche und einem Bad."

Beauchamps war sehr zufrieden mit dem, was er sah. So konnte er für sich allein, ohne viel Kontakt zur Vermieterin leben. Er packte als erstes seine Koffer aus und ging dann zu Frau Bartenscheid.

„Ich möchte gerne die ganze Miete jetzt schon zahlen. Fünfhundert Euro pro Monat hatte man mir gesagt. Hier sind eintausendfünfhundert für die drei Monate."

„Aber das ist doch nicht nötig."

„Ich weiß. Aber es ist mir lieber so. Ich kann wirklich nicht sagen, wann ich abreisen werde."

Damit war das Finanzielle geregelt. Beauchamps verließ die Wohnung, um sich ein bisschen umzusehen. Er fand eine Bäckerei, in der man auch frühstücken konnte und eine Metzgerei und einen Supermarkt mit „heißer Theke". Das war es, was er gesucht hatte. Er hatte nicht vor, sich mit Kochen aufzuhalten.

Kapitel 10

Donnerstag, 11.8.2016, Greven und Münster

Ernst Gödden hatte Rembert Mahldorf angerufen. So erfuhr er, dass die beteiligten Grevener ebenfalls Post erhalten hatten. Betroffen war also nicht nur der Strippenzieher im Hintergrund, sondern auch alle anderen Beteiligten, die Hauptbelastungszeugin, der Staatsanwalt, der Richter. Sie alle waren betroffen, betroffen im doppelten Sinn: als Täter und in ihrem Selbstbewusstsein. Über viele Jahre hatten sie ein scheinbar sorgenfreies Leben geführt. Zu sorglos, wie sich jetzt herausstellte. Der Einzige, der sich gefühlsmäßig kaum betroffen fühlte, war Rembert Mahldorf, nicht weil er sich ohne jegliche Schuld fühlte, sondern weil er so etwas wie ein Unrechtsbewusstsein gar nicht kannte. Wenn etwas nicht richtig lief, dann musste man dem Schicksal auf die Sprünge helfen. Im Französischen gibt es für seine Lebensphilosophie den Ausdruck „corriger la fortune". Er, Rembert, hatte nur korrigierend eingegriffen. Deshalb behielt er auch die Ruhe. Er würde wohl wieder einmal korrigierend eingreifen müssen. Er gab in den Telefonaten den Ton an, fühlte sich überlegen und wirkte auf die anderen beruhigend. Für Rembert war die Gefahr bald vergessen, es war eine Art Spiel, bei dem er beliebig manipulieren konnte. Er fühlte sich in seinem Element. Blitzschnell hatte er einen Plan entwickelt und den stellte er den anderen vor. Er schlug für den kommenden Samstag ein gemeinsames Treffen vor, um 19.00 Uhr in der kleinen Remise vom Waldhaus an de Miälkwellen in Ladbergen: exzellente Küche, hervorragender Service. Er, Rembert, würde sich um die Reservierung kümmern.

Das Restaurant lag weit genug von Greven entfernt, die Remise etwas versteckt, man würde nicht auf irgendwelche Bekannte treffen. Überhaupt sei der Gedanke, dass man auffallen könnte, mehr als abwegig. Wer könnte dieses Treffen schon mit einem Ereignis in Zusammenhang bringen, das fast zweiundzwanzig Jahre zurücklag?

„Unsinn!", war Remberts Fazit. „Wir treffen uns zu einem Essen und reden über alte Zeiten. Das ist alles."

Dem hatte niemand etwas entgegenzusetzen. Also willigten sie mit mehr oder weniger schlechtem Gewissen und wenig überzeugt ein.

Kapitel 11

Samstag, 13.8.2016, Restaurant „an de Miälkwellen", Ladbergen

Gegen 19.00 Uhr trafen Rembert Mahldorf, sein Sohn Rom, Brigitte Lagonda, Ernst Gödden und Werner Scherzberger am Restaurant ein. Sie waren alle separat gefahren und hatte mit Ausnahme von Rembert Mahldorf auch unterschiedliche Wege für die Anfahrt gesucht, obwohl es schon ganz schön aufwendig war, unterschiedliche Routen zu finden. Nur Rembert hatte den direkten Weg gewählt. Die unterschiedlichen Anfahrtsrouten waren nicht abgesprochen gewesen, ließen aber auf die Gedankenwelt der Beteiligten schließen.

Die beiden Münsteraner hatten das Grevener Trio seit zweiundzwanzig Jahren nicht mehr gesehen. Rembert Mahldorf und Brigitte Lagonda hatten sich in dieser Zeit vielleicht ein halbes Dutzend Mal zufällig gesehen, das ließ sich in einer kleineren Stadt auch kaum vermeiden. Doch wirklich gesprochen hatten sie nie miteinander. Während es bei den beiden Münsteranern der Versuch war, eine völlig verfahrene Situation durch räumliche und persönliche Distanz in vollem Bewusstsein des Unrechts totzuschweigen, war die Situation beim Grevener Trio anders. Im Wortschatz von Rembert Mahldorf gab es das Wort „Unrechtsbewusstsein" gar nicht. Fiel er beim Überschreiten von Grenzen auf, dann regelte er das mit einem Bündel Geldscheine, dick genug, um aus Unrecht Recht zu machen. Jeder Mensch ist käuflich. Das war für ihn ein Fakt. Manche Menschen kosten mehr, manche weniger. Aber käuflich waren sie alle. Deshalb war er fest davon überzeugt, dass sich auch diese leidige Angelegenheit mit Geld regeln lassen würde.

Als Brigitte Lagonda Rom sah, zuckte sie unwillkürlich zusammen. Nicht nur wegen seines Äußeren, ähnelte er doch einer Kugel, er wirkte auch ungepflegt. Es gab noch etwas, was sie sah: Er wirkte verloren und hilflos. Und das war neu an ihm. Sie hatte in der Vergangenheit manchmal von seinen Prügeleien gehört, von seiner

Rücksichtslosigkeit. Fazit für Biggi: Die Vergangenheit hatte ihn eingeholt.

Die beiden Münsteraner hätte sie nicht wiedererkannt. Vom Äußeren und von der Kleidung gefielen sie ihr, aber sie gehörten nicht ich ihr Beuteschema: zu alt.

Die kleine Remise lag etwas abseits vom Hauptgebäude, mit separatem Eingang und kaum einsehbar durch andere Gäste. Hier konnte man ungestört über Geschäftliches, Privates oder Konspiratives reden, ohne Gefahr zu laufen, dass jemand mithört.

Rembert Mahldorf hatte alles vorbereitet: ein kleines Büfett für fünf Personen mit allem Drum und Dran. Nur hatte er die Gefühlslage seiner Mitstreiter nicht mit einkalkuliert. Hunger hatte eigentlich keiner von denen. Sie setzten sich an den kleinen runden Tisch, doch wie sollte man ein Gespräch beginnen? Schließlich waren es die beiden Juristen, die den Mut fassten und die Situation von der juristischen Seite zu betrachten. Ernst Gödden ergriff das Wort, noch ehe sich jemand mit dem Büfett befasst hatte.

„Rein rechtlich gesehen, ist die Angelegenheit erledigt. Niemand von uns kann noch belangt werden. Die Verjährungsfrist hat längst gegriffen. Schließlich sind wir in keinen Mordfall verwickelt. Nur dann hätten wir die Justiz noch zu fürchten. Es könnte nicht einmal zu einer Entschädigungsklage kommen.

Moralisch sieht das Ganze natürlich anders aus. Wir haben gemeinsam dafür gesorgt, dass ein Unschuldiger ins Gefängnis kam. Wir haben sogar dafür gesorgt, dass er nicht vorzeitig entlassen wurde. Dass jetzt, zwölf Jahre nach seiner Entlassung, die Sache wieder auf den Tisch kommt, ist für mich unverständlich. Wäre er sofort nach seiner Haftentlassung hier erschienen, könnte ich das nachvollziehen. So aber nicht."

Jetzt stand Rembert Mahldorf auf, räusperte sich und begann mit einer vorbereiteten Erklärung.

„Es ist doch einiges anders, als Sie zu wissen glauben. Als Vincent Roelvert – damit war er der erste, der den verbotenen Namen aussprach – vor zwölf Jahren entlassen wurde, habe ich versucht, das zu verhindern, was jetzt eingetreten ist, nämlich eine erneute – sagen wir einmal – Diskussion über diesen Fall. Ich habe versucht ihn zu stoppen. Aber das ist fehlgeschlagen. Zwei von mir angeworbene Männer fuhren in dem Augenblick an der Haftanstalt Stuttgart-Stammheim, seinem letzten Aufenthalt, vorbei, als Roelvert in Begleitung eines Wachbeamten das Tor durchschritt. Die beiden Männer schossen, trafen allerdings nur den Beamten, nicht aber Roelvert. Der Beamte war sofort tot, ob Roelvert verletzt wurde, weiß ich nicht. Schwer auf jeden Fall nicht. Nach diesem Vorfall konnte ich Roelverts Spur nicht wieder auffinden, er blieb verschwunden. Wir können jetzt davon ausgehen, dass er noch lebt und dass er zurück ist."

Die anderen sahen sich entgeistert an. Sie hatten nichts von dem Mord, besser gesagt Auftragsmord, gewusst. Rom war es, der sich als erster gefangen hatte.

„Willst du damit sagen, dass du einen Auftragsmord initiiert hast?"

Rembert Mahldorf war überrascht. Sein Sohn, der Depp, dem er die ganze Situation zu verdanken hatte, kannte und gebrauchte das Wort „initiieren". Er wollte gerade antworten, als Rom fortfuhr: „Hättest du dich nicht eingemischt, dann hätte Biggi nicht gelogen, diese beiden Beamten wären nicht bestochen worden, ich hätte wahrscheinlich fünf Jahre bekommen und wäre nach drei, höchstens vier Jahren wieder rausgekommen. Mit Ausnahme von Biggi hätte niemand gelitten. Ich wäre natürlich in den Knast gegangen. Zu Recht. Aber das wäre es dann auch gewesen. Du aber musstest Gottvater spielen, Herr über Leben und Tod. Hast du nun eine Lösung für unser Problem?"

Lagonda, Gödden und Scherzberger hatten mit offenem Mund zugehört. All ihre Entschuldigungsversuche waren plötzlich nichtig. Es ging von nun an um Mord und Mordversuch. Ein letzter Anflug von Selbstsicherheit war verschwunden.

Biggi mochte Rom nicht, aus sehr verständlichen Gründen. Ebenso wenig mochte sie die beiden Münsteraner, allerdings aus anderen Gründen. Rembert Mahldorf respektierte sie als Macher, aber von mögen konnte keine Rede sein. Sie musste sich aber eingestehen, dass Rom in allem, was er gesagt hatte, Recht hatte. Ihre alte Einschätzung, ihn, wie auch sein Vater es tat, für dumm und primitiv zu halten, war nicht ganz richtig. Daher ihre Frage: „Ändert sich durch diesen Mord, beziehungsweise den Mordversuch etwas für uns an der rechtlichen Bewertung?"

Werner Scherzberger, der bis jetzt geschwiegen hatte, bemühte sich, der aufkommenden Panik etwas entgegenzusetzen.

„Im Prinzip ändert sich nichts. Wenigstens nicht für die meisten von uns. Für Herrn Rembert Mahldorf sieht die Lage anders aus. Er ist in einen Mordfall verwickelt. Kann man ihm etwas nachweisen, dann sehe ich schwarz. Auch für uns. Denn bei einer Anklage würde eventuell der gesamte damalige Prozess neu untersucht werden. Das hätte Folgen für uns alle. Aber es geschieht in der Tat nur dann etwas, wenn Anklage erhoben wird und wenn man anschließend den Beweis führen kann, dass Rembert Mahldorf es war, der den Auftrag erteilt hat."

„Das heißt", ergänzte Rom, „es passiert nichts, solange es nicht zu einer Anklageerhebung kommt und wenn wir den Mund halten. Bei dem Mord, beziehungsweise dem Mordversuch von vor zwölf Jahren liefen die Ermittlungen wohl ins Leere. Denn sonst hätten wir etwas davon gehört."

„Genauso ist es", stimmte Rembert Mahldorf zu. „Und dabei soll es auch bleiben. Doch bevor wir auseinander gehen, möchte ich doch noch einen Gedanken vorstellen, den mein Sohn hatte und den ich zunächst verworfen habe. Jetzt aber möchte ich ihn als Möglichkeit wenigstens in den Raum stellen."

Die Stimmung war mittlerweile etwas entspannter, nicht, weil man sich sicherer fühlte oder ein besseres Gewissen hatte, sondern weil alle auf dem gleichen Wissensstand waren.

Einige hatten sich dem Büfett genähert, hatten probiert und wären, wenn es die Situation zugelassen hätte, begeistert von der Qualität des Essens gewesen. Biggi, die da weniger Feingefühl besaß, meinte: „Wenn das unsere Henkersmahlzeit wäre, würde sich das Sterben wenigstens lohnen."

„Frau Lagonda, seien Sie nicht so pessimistisch", griff Rembert Mahldorf ein. „Aber es besteht rein theoretisch noch eine Möglichkeit, die die Angelegenheit als nicht so schlimm erscheinen lässt. Mein Sohn hatte noch eine Idee, ob realistisch oder unrealistisch sei einmal dahingestellt. Stellen Sie sich vor, Roelvert lebt tatsächlich nicht mehr, hat aber vor seinem Tod sein Wissen detailliert weitergegeben und wir haben es lediglich mit jemandem zu tun, der auf Geld aus ist. Dann ist die Sache bald erledigt, denn ein Erpresser kann sich kaum an die Polizei wenden. Zunächst fand ich diese Idee abstrus. Aber nach längerem Nachdenken kam ich zu der Überzeugung, dass wir diese Möglichkeit wenigstens einkalkulieren müssen."

Alle Anwesenden nickten dieser Idee wohlwollend zu, ohne jedoch davon überzeugt zu sein. Das Büfett war dagegen sehr viel überzeugender.

Kapitel 12

Greven, gleicher Abend, gegen Mitternacht

Es war schon Mitternacht, als Biggi ihr Haus betrat. Aus Gewohnheit öffnete sie vorsichtig die Eingangstür – wegen der Post. Aber Post um Mitternacht? Dafür findet sich kein Briefträger. Natürlich gab es auch keine Post, es war nur eine dumme Angewohnheit und, wie sie sich eingestehen musste, Angst vor einem neuen Brief von ihm, Vincent Roelvert. Sie atmete auf, als sie die Tür abschloss, die Sicherungskette einhakte und den zusätzlichen Riegel vorschob.

„Eigentlich Unsinn", dachte sie, „der Eingang zum Garten ist ebenfalls gut gesichert, alle Fenster waren mit abschließbaren Griffen versehen, aber wer reinkommen will, der kommt auch rein."

Seitdem sie den beunruhigenden Brief bekommen hatte, machte sie immer, nachdem sie das Haus betreten hatte, einen kleinen Rundgang. So auch jetzt. Aber alles war wie immer, abgeschlossen und gesichert. Sie setzte sich mit einem Glas Wasser ins Wohnzimmer, um den Abend noch einmal zu überdenken. Sie wollte das Glas Wasser auf dem Wohnzimmertisch absetzen, als sie erstarrte. Dort lag ein Briefumschlag, nicht irgendeiner, sondern einer ihrer Briefumschläge in einem blassen Altrosa. Vielleicht etwas kitschig, aber sie mochte es. Nur, sie wusste sehr genau, dass sie diesen Umschlag nicht dorthin gelegt hatte.

Mit zittrigen Fingern nahm sie den Umschlag an sich. Er war nicht verschlossen. Sie zog den innen liegenden Brief heraus: eindeutig ihr Briefpapier, bedruckt mit einem längeren Text. Auch der erste Brief war auf einem Computer hergestellt worden, doch auf gewöhnlichem weißem Papier gedruckt. Jetzt aber musste er hier gewesen sein, in ihrem Haus. Oder in seinem Haus? Wie hatte er überhaupt ins Haus gelangen können? Es gab doch keine Anzeichen für einen Einbruch. Dann der Brief, ihr Papier! Das heißt, er hatte ihren Computer zum Schreiben benutzt. Sie lief in das Zimmer, das sie ihr Arbeitszimmer nannte, in dem sich jedoch nur ein Computer nebst Drucker auf einem Tisch und ein Drehstuhl befand. Die Einschaltknöpfe von Computer und Drucker leuchteten. Er hatte also Zugriff auf ihren Computer gehabt. Sie bewegte die Maus und der Computer erwachte aus dem Schlafmodus. Ein Word-Dokument wurde sichtbar.

„Hallo Biggi, du solltest dein Passwort ändern. Du fragst dich wahrscheinlich, wie ich ins Haus gekommen bin? Vielleicht hast du vergessen, dass es mein Haus ist. Ich kenne mich hier gut aus. Übrigens: ‚Wie war das Essen heute Abend?'"

Biggis Knie gaben nach. Sie plumpste auf ihren Hintern und zwar so heftig, dass sie wieder zu sich kam.

Er war hier gewesen, er hatte ihren Computer benutzt, damit hatte er Zugriff auf all ihre Daten gehabt. Sie hatte eine neue Datei angelegt: Vincent Roelvert. In dieser Datei befand sich auch ein Hinweis auf das heutige Essen und auf Dinge, die eigentlich niemand wissen durfte.

Sie raffte sich auf, ging zurück ins Wohnzimmer und begann, den Brief zu lesen.

„Hallo Biggi, du musst dich nicht zu sehr erschrecken. Ich war hier, wie du bemerkt hast. Aber ich musste feststellen, dass mich nichts mehr an dieses Haus bindet. Deshalb glaube ich, dass wir uns schnell einigen werden. Ich habe nicht die Absicht, dich für deine damalige Falschaussage zu bestrafen. Schließlich sind wir die einzigen, die durch diese Affäre leiden mussten. Du, durch die Schuld eines anderen und ich, weil du mir die Schuld in die Schuhe geschoben hast. Nun ja, für fünf Millionen DM sind viele Leute käuflich. Dieses Geld will ich aber gar nicht. Mit diesem Judaslohn musst du schon alleine leben. Aber du hast durch deine Falschaussage ein Schmerzensgeld zugesprochen bekommen: mein Haus. Du hast es – wie ich gesehen habe – gut instand gehalten. Das neue Badezimmer finde ich sehr schick, die Heizungsanlage ist neu, der Garten ist sehr gepflegt. Nach all den Ereignissen kannst du dir wahrscheinlich vorstellen, dass ich nicht die Absicht habe, mich wieder in Greven niederzulassen. Ich will mit dir lediglich diese Sache klären, dann verschwinde ich wieder – auch aus deinem Leben.

Deshalb mache ich dir folgenden Vorschlag: Ich verkaufe dir das Haus für zweihunderttausend Euro. Das ist kein übertriebener Preis und er berücksichtigt deine Investitionen. Sobald ich dieses Geld habe, ist diese Sache für mich erledigt. Allerdings hast du zweiundzwanzig Jahre kostenlos in meinem Haus gewohnt. Dafür verlange ich noch einmal zweihunderttausend Euro. Für vierhunderttausend Euro bliebe für dich alles beim Alten, das Haus gehört dir, du bleibst dort wohnen. Aber bitte keine Tricks. Vierhunderttausend Euro in bar, keine nummerierten Scheine, keine banküblichen Sicherungsmaßnahmen.

Bist du mit meinem Vorschlag einverstanden, dann lege diesen Brief nebst Umschlag auf den Wohnzimmertisch. Wenn du die Vorhänge nicht zuziehst, kann ich von draußen deine Zustimmung erkennen. Danach hast du vierzehn Tage Zeit, bis zur Grevener Kirmes, um das Geld zu besorgen. Du machst aus dem Geld ein schönes Päckchen, Packpapier bitte, und verschnürst es mit einem dicken Bindfaden. Das Päckchen legst du dann auf den Wohnzimmertisch. Ich werde mir das Geld holen und danach ist die Sache vergessen.

Du hast eine Woche Zeit, dir mein Angebot zu überlegen. Lehnst du ab, wird es ernst für dich und teuer. Und bedenke! Du hast mich für fünf Millionen DM verkauft, du solltest dir selbst vierhunderttausend Euro wert sein.

Denn ehrlich gesagt, Biggi, du siehst immer noch fantastisch aus, viel jünger als du in Wirklichkeit bist. Riskiere nicht zu viel. Niemand wird dich schützen können."

Biggi war fertig, fix und fertig. Mahldorfs Idee eines Trittbrettfahrers konnte sie vergessen. Aber woher wusste Roelvert die ganzen Details? Die Geldübergabe war damals so diskret verlaufen, dass niemand etwas hätte bemerken können. Roelvert sowieso nicht, der saß im Gefängnis. Auch sie hatte aufgepasst, hatte das Geld bei mehreren Banken auf vielen Konten verteilt. Sie war bei den folgenden Bankgeschäften immer sehr konservativ vorgegangen, war keine großen Risiken eingegangen. Trotzdem hatte sich das Geld gut vermehrt. Bei der großen Summe blieb am Jahresende immer ein ziemlicher Gewinn übrig. Vierhunderttausend Euro wären für sie kein Problem gewesen. Sie könnte es von verschiedenen Konten abziehen, ohne dass es auffallen würde. Aber sie liebte nun einmal Geld, am meisten das Geld anderer. Eine Entscheidung würde ihr nicht leichtfallen.

Kapitel 13

Zur gleichen Zeit im Haus von Rembert Mahldorf

Rembert Mahldorf war später nach Hause gekommen als die Übrigen, die am Treffen teilgenommen hatten. Großzügig, wie er sich gerne in der Öffentlichkeit gab, hatte er die Rechnung übernommen, hatte ein üppiges Trinkgeld gezahlt und fühlte sich nicht unwohl, als er in seinem Haus eintraf. Er war sich durchaus bewusst, dass die Idee vom Trittbrettfahrer lediglich eine Beruhigungspille war, nicht für ihn, nur für die anderen. Bei allen Ungereimtheiten spürte er, dass Vincent Roelvert zurückgekehrt war. Und er wusste auch, dass Roelvert es war, der die Spielregeln bestimmte. Das war nun etwas, was Rembert überhaupt nicht mochte. Er betrat den Eingangsflur, in Westfalen auch Diele genannt und bemerkte sofort auf der Anrichte an der rechten Wand einen Brief, hochkant an die Wand gelehnt, so dass man ihn nicht übersehen konnte. Wie kam der Brief dorthin? Daniela war nicht im Hause, Rembert hatte ihr für das ganze Wochenende freigegeben. Er nahm den Brief. Wieder dieses „Herrn Rembert v. Mahldorf". Kein Absender, keine Briefmarke, kein Poststempel. Das bedeutete, Vincent Roelvert war im Haus gewesen und hatte den Brief so platziert, dass man ihn sehen musste. Wie aber war es ihm gelungen, in das Haus einzudringen?

Rembert inspizierte das gesamte Haus. Alle Fenster waren verschlossen, die Türen zum Garten und zum Nebeneingang ebenfalls. Keinerlei Einbruchsspuren, keine Kratzer, nichts. Mahldorf hatte schon vor langer Zeit etwas für die Sicherheit seines Hauses getan: Bewegungsmelder, gekoppelt mit einer Beleuchtungsanlage, die das Grundstück in ein gleißendes Licht tauchte. Wäre der Alarm ausgelöst worden, hätten es die Nachbarn bemerkt. Mit denen hatte er eine Vereinbarung getroffen: Bei einem Fehlalarm meldete er sich sofort bei ihnen. Ansonsten informierten diese die Polizei. Rembert nahm eine große Taschenlampe, sehr lichtstark, die er normalerweise mit zur Jagd nahm. Er leuchtete den Eingangsbereich ab, nichts zu sehen. Dann wusste er, wo er zu suchen hatte. Die Sicherungsanlage war nachträglich installiert worden. Also verliefen die Kabelstränge auf dem Mauerwerk. Der zentrale Verteiler befand sich in der Nähe des Nebeneingangs. Rembert sah es sofort: Das Hauptkabel war wohl mit einem Seitenschneider durchtrennt worden. Aber wie war der Bursche dahingekommen, ohne dass Alarm ausgelöst worden war? Egal, er hatte es geschafft, war in das Haus eingedrungen und hatte ihm einen Brief hinterlassen. Der Bursche war intelligent und geschickt. Er hatte ihn, Rembert, überlistet. Die Sicherung musste verstärkt werden. Er würde Montag eine Firma beauftragen, die zusätzlich Kameras installierte. Dann hatte er ihn.

Rembert Mahldorf ging zurück ins Haus. Er nahm jetzt erst den Brief, setzte sich in seinen Sessel im Arbeitszimmer und las.

„Sehr geehrter Herr von Mahldorf,

überlegen Sie nicht lange, wie ich ins Haus gekommen bin. Sicherungsmaßnahmen dieser Art nützen Ihnen gar nichts. Auch die Idee, die Bewegungsmelder mit Kameras zu koppeln, wäre sinnlos. Ich werde Sie doch nicht täglich besuchen.

Nun zu unserem eigentlichen Problem. Sie sind derjenige, der mir zwanzig Jahre meines Lebens genommen hat. Zehn Jahre habe ich unschuldig im Gefängnis gesessen, weil Sie Ihren Sohn schützen wollten. Dafür haben Sie große Summen investiert.

Weitere zehn Jahre musste ich wegen des von Ihnen in Auftrag gegebenen Mordversuchs auf mich untertauchen. Pech für Sie, dass Ihre ungeschickten Killer den Falschen trafen, den Gefängniswärter Hans-Christian Beltzin. Er hinterließ übrigens eine Frau und drei kleine Kinder.

Haben Sie sich einmal überlegt, wie Sie das wiedergutmachen können? Wahrscheinlich nicht. Sie kennen das Wort ‚Unrechtsbewusstsein' überhaupt nicht. Deshalb habe ich Ihnen diese Arbeit abgenommen. Ich verlange für jedes Jahr, das Sie mir gestohlen haben, eine Million Euro, das heißt zwanzig Millionen Euro. Eine gewaltige Summe für einen Normalbürger, für Sie eine Summe, die Sie weder ruiniert noch sonderlich wehtut. Ich habe Ihre Post von den Banken gelesen, ich hatte ja genügend Zeit. Für die Familie von Frau Beltzin zahlen Sie bitte fünf Millionen. Da Sie verständlicherweise diese Summen nicht durch eine Bank überweisen können, bin ich bereit, den Transport des Geldes für Frau Beltzin zu übernehmen. In welcher Form Sie diese Summen zusammenstellen, nur Geld oder gemischt mit anderen Wertgegenständen wie Goldmünzen oder kleinere Goldbarren, bleibt Ihnen überlassen. Bei Ihrem feinen Händchen bei Börsenspekulationen ist die Summe recht bescheiden.

Eines sollten Sie nicht vergessen: Dies ist keine Bitte und die Summen sind nicht verhandelbar. Dies ist eine ultimative Aufforderung an Sie. Sollten Sie einverstanden sein, dann beleuchten Sie als Zeichen für Ihre Zustimmung in der Nacht vom 20. auf den 21. August Ihren Garten. Sollten Sie sich weigern, sehe ich mich leider gezwungen, Ihr Leben in Freiheit ein für alle Mal zu beenden. Ich hoffe, dass es nicht soweit kommen wird.

P.S. Nach Beendigung unseres Geschäfts werde ich verschwinden. Hier hält mich nichts mehr und Sie bleiben in Freiheit, Ihr Sohn bleibt in Freiheit und Frau Lagonda behält, was sie hat. Vertrauen Sie nicht auf die Hilfe des Staatsanwalts und des Richters.

Sind Sie mit der von mir vorgeschlagenen Lösung nicht einverstanden, muss ich leider die Adressen Ihrer beiden Killer an die Polizei weitergeben, allerdings erst, nachdem diese ein Geständnis unterschrieben haben. Und Sie werden unterschreiben, das kann ich garantieren. Diese Unterschriften besiegeln das Ende Ihrer Freiheit. Tricksen bringt dann nichts mehr. Übrigens, versuchen Sie erst gar nicht mich zu finden. Sie werden mich nicht wiedererkennen, denn ich bin Ihnen schon mehrmals über den Weg gelaufen und Sie haben nicht reagiert."

Rembert Mahldorf war wütend, er war sogar außer sich vor Wut. Da wagte es jemand, mit ihm zu spielen, ihm Bedingungen zu stellen.

„Ich brauche keine neue Sicherungsanlage, ich werde ein paar Männer engagieren, die mich beschützen."

Kapitel 14

Münster, Turmstraße, am frühen Morgen des 14.8.2016

Am frühen Sonntagmorgen befand sich Sophie, die Enkelin von Frau Bartenscheid, auf dem Weg nach Hause. Gegen 1.00 Uhr bog sie von der Geiststraße in die Turmstraße ein. Dass sich Jean-Luc Beauchamps kaum fünfzig Meter hinter ihr befand, hatte sie nicht bemerkt. Aber auch er hatte sie nicht erkannt. Die Frau vor ihm hatte er zwar gesehen, aber nicht bewusst wahrgenommen. Sophie war bereits auf der Turmstraße, noch drei Hauseingänge von ihrer Wohnung entfernt, als sie in eine Einfahrt gerissen wurde. Eine Hand legte sich auf ihren Mund, ein Messer spürte sie an ihrer Kehle. Zwei Männer hielten sie fest.

„Keinen Ton, sonst war es dein letzter Ton", flüsterte einer ihr ins Ohr.

Der andere Mann machte sich an ihrem Rock zu schaffen: „Wehr dich nicht, dann tut's auch nicht weh."

Beauchamps hatte das Verschwinden der Frau aus seinem Blickfeld bemerkt. Es musste etwas passiert sein! Er rannte das kurze Stück und blickte in den Eingang, in dem die Frau verschwunden war. Er sah Sophie mit vor Angst weit aufgerissenen Augen. Ihm war sofort klar, dass die junge Frau vergewaltigt werden sollte. Jean-Luc Beauchamps nahm die beiden Männer am Hals und knallte ihre Gesichter mit einer Urgewalt zusammen. Es gab einige unschöne Knirschgeräusche, dann ließ er den einen Mann fallen. Den anderen Mann hob er hoch und rammte ihm sein Knie mehrmals mit voller Wucht in die Genitalien. Er stieß ihn von sich und hob den anderen Mann auf, als würde er nichts wiegen. Auch diesem rammte er sein Knie mehrmals zwischen die Beine. Beide konnten vor lauter Schmerzen keinen Ton mehr von sich geben. Sie zuckten nur und versuchten, ihre Beine anzuziehen, was aber eher ein unwillkürliches Zucken als eine bewusste Bewegung war.

Er nahm Sophie bei der Hand und zog sie aus der dunklen Ecke. Jetzt erst erkannte sie ihn.

„Sie sind es? Sie haben mich gerettet. Wenn Sie nicht eingeschritten wären, hätten die beiden mich glatt ...", stammelte sie.

„Und wenn Sie jetzt Ihren Slip wieder hoch- und den Rock wieder runterziehen, könnten wir nach Hause gehen. Wollen Sie die Polizei schnell informieren und Anzeige erstatten?"

Sie war noch ziemlich durcheinander, sagte aber schließlich: „Warum? Was bekommen die beiden für eine versuchte Vergewaltigung? Vielleicht nur eine Bewährungsstrafe, wenn es sich um Ersttäter handelt. Sie haben die beiden doch ganz schön ramponiert."

„Nun ja, in den nächsten Wochen oder Monaten werden die beiden keine Lust mehr verspüren, sich einer Frau zu nähern. Falls sie nicht völlig ihre Reproduktionsfähigkeit verloren haben."

„Dann lassen wir das mit der Polizei lieber. Nachher heißt es noch, Sie hätten nicht so heftig zutreten dürfen. Aber warten Sie noch einen Augenblick."

Sie ging noch einmal zu dem Ort zurück, wo die beiden Männer lagen und trat bei beiden nochmals ordentlich zu.

„So, das war's! Kommen Sie lieber, es ist ja nicht mehr weit. Und erzählen Sie bitte meiner Oma nichts. Sie wird sich sonst immer Sorgen machen, wenn ich ausgehe. Darf ich mich bei Ihnen einhaken? Ich bin doch etwas wackelig in den Knien."

„Bitte", antwortete Beauchamps und war überrascht, dass er plötzlich die Kontrolle über seinen Arm verloren hatte. Sophie klammerte sich fest an ihn.

Kurz darauf öffnete Beauchamps die Tür zur Bartenscheidschen Wohnung.

„Ich ziehe mich schnell um", flüsterte Sophie. „Oma wird sofort merken, dass etwas mit mir nicht stimmt, wenn meine Kleidung nicht richtig sitzt. Und sie hat einen leichten Schlaf. Sie merkt immer, wenn ich komme."

Da hörte man sie auch schon: „Sophie, bist du's?"

„Ja, Oma, ich habe Herrn Beauchamps vorne auf der Geiststraße zufällig getroffen und er hat mich bis hierhin begleitet. Sicher ist sicher."

„Da hast du Recht. Warte, ich komme."

Sophie war gerade in ihrem Zimmer verschwunden, als ihre Großmutter erschien, in einem Frotteebademantel, die Knöpfe mit Frottee überzogen, Modell 50er Jahre. Beauchamps stand an der Tür seines Apartments, als er Frau Bartenscheid hörte: „Warten Sie. Wo ist denn Sophie?"

„Sie will sich etwas Bequemeres anziehen."

„Vielen Dank, dass Sie sich um Sophie gekümmert haben."

„Ich habe sie nur begleitet. Das ist alles."

Jetzt kam Sophie aus ihrem Zimmer und gemeinsam betraten sie das Wohnzimmer, das nun wirklich sehr beeindruckend wirkte: Eine Polstergarnitur, mit Plüsch bezogen, und ein Schrank, bei dem zwei oder drei deutsche Eichen verbaut worden waren. Eindeutig Stil der frühen 60er Jahre: Gelsenkirchener Barock.

„Worüber redet ihr gerade?", fragte sie, an ihre Oma gewandt.

„Über dich", antwortete die Oma. „Ich habe mich nur bei Herrn Beauchamps bedankt, dass er dich begleitet hat."

„Oma, ich habe dir doch gesagt, ein Mann im Hause kann ganz praktisch sein."

„Zum Beispiel?", fragte Beauchamps.

Sophie deutete auf den offenen Kamin.

„Holzhacken zum Beispiel", antwortete sie und griff an seinen Oberarm. „Muckis hat er auf jeden Fall", konstatierte sie.

„Sophie!", rief ihre Großmutter entsetzt. „Du kannst doch nicht einfach ..."

„Oma, ich mach' doch nichts. Ich habe doch nur versucht, das Holzhacken – eine absolut unweibliche Tätigkeit – an einen Mann zu übertragen."

Beauchamps musste lachen: „Und wo liegt das Holz?"

Jetzt war Sophie verdutzt: „Ich habe das als Witz gemeint."

„Ich nicht. Ein bisschen körperliche Arbeit kann ich schon gebrauchen."

„Was machen Sie denn beruflich?", fragte Frau Bartenscheid.

„Ich bin Ingenieur, Straßen- und Brückenbau. Aber nicht A1 oder Leverkusener Brücke. Lassen Sie es mich so erklären: In Deutschland gab es die GTZ ..."

„Gesellschaft für technische Zusammenarbeit", unterbrach Sophie.

„Richtig. 2010 wurde sie umbenannt in GIZ. Etwas Ähnliches gibt es auch in Frankreich. Frankreich hatte ja eine Menge Kolonien. Dort habe ich Straßen und Brücken gebaut, im Busch, im Urwald, in der Wüste. Das sind andere Arten von Brücken. Wir arbeiten mit Einheimischen zusammen und man muss mitarbeiten. Also körperliche Arbeit ist mir nicht fremd."

„Sie meinen das also wirklich ernst, das mit dem Holzhacken?"

„Warum nicht?"

„Sophie, dann hol doch eine Flasche Wein aus dem Keller. Ich aber gehe jetzt wieder ins Bett."

Frau Bartenscheid erhob sich aus dem mit Plüsch bezogenen Sessel und rauschte in ihrem Frotteebademantel von dannen.

Sophie deutete auf das Mobiliar des Wohnzimmers: „Ganz schön altertümlich, nicht wahr? Aber nach Opas Tod – ich kann mich an ihn kaum noch erinnern – hat Oma nichts mehr verändert. Alles Andenken."

„Das habe ich mir schon gedacht."

„Sind Sie denn mit Ihrer Familienangelegenheit schon weitergekommen?"

„Eigentlich nicht. Am Montagnachmittag habe ich einen Termin bei einem Anwalt, der sich wenigstens ansatzweise in der Angelegenheit auskennt. Mal sehen, was bei diesem Gespräch rauskommt. Aber Wein brauche ich um diese Tages- oder besser Nachtzeit bestimmt nicht mehr."

„Ich auch nicht. Aber ich muss einmal nachsehen, ob Oma nicht etwas Härteres hat. Nicht, dass Sie glauben, ich würde häufiger harte Sache trinken. Aber nach dem Ereignis von eben brauche ich etwas zur Beruhigung."

Sie ging an den Wohnzimmerschrank und öffnete das sogenannte Barfach.

„Whisky?", fragte sie. „Garantiert dreißig Jahre alt, ungeöffnet, bestimmt noch von Opa. Oma trinkt nämlich keinen Alkohol, auch keinen Wein. Den hat sie nur für Gäste. Sie trinkt Kamillen-, Fenchel- oder Hagebuttentee. Pfefferminztee ist für sie wahrscheinlich schon eine Droge."

„Und Sie?"

„Tee oder Kaffee in ziemlichen Mengen. Doch nicht um diese Uhrzeit. Jetzt ist mir aber nach Whisky."

Sie füllte zwei Gläser mit dem schottischen Lebenswasser und gab Beauchamps ein Glas. Sie selbst trank einen Schluck und musste sofort husten.

„Auswirkung von Omas Getränkephilosophie", erklärte sie, „ich trinke höchstens mal ein Glas Wein oder Bier. Aber dieses Zeugs hilft vielleicht gegen meine Nervosität. Schließlich bin ich soeben einer Vergewaltigung entronnen. Sie haben die beiden ja ordentlich verdroschen. Wo lernt man so etwas?"

„Ich war lediglich wütend. Und das legt manchmal ungeahnte Kräfte frei. Bleibt es beim Holzhacken am Montagmorgen?"

„Wenn Sie unbedingt wollen."

Kapitel 15

Sonntagmorgen, 14.8.2016, Greven

Brigitte Lagonda hatte es kaum ausgehalten, um nicht noch in der Nacht mit Rembert Mahldorf zu telefonieren. Sie hatte sowieso nicht geschlafen und war hin- und hergerissen zwischen der Idee, sich mit vierhunderttausend Euro freizukaufen und der Möglichkeit, die Zahlung zu verweigern. Obwohl sie kaum einen klaren Gedanken fassen konnte, wuchs bei ihr der Gedanke, zu zahlen. Allerdings erst, nachdem sie sich mit Mahldorf besprochen haben würde. In dieser Situation brauchte sie eigentlich den Rat eines Außenstehenden. Doch so einen Menschen kannte sie nicht. Jetzt erst merkte sie, dass sie im Grunde genommen ein einsamer Mensch war, jemand, der sich keinem anderen anvertrauen konnte. Abgesehen davon war es unmöglich, einem Fremden zu erzählen, was vor zweiundzwanzig Jahren in Wirklichkeit passiert war. Natürlich kannten auch heute noch einige ihre Geschichte, jedoch nur die Geschichte, die durch die Presse damals publik gemacht worden war. Folglich blieb für sie nur Mahldorf als Ansprechpartner.

Irgendwann am frühen Morgen durchfuhr sie ein Gedanke: „Vincent Roelvert hat Recht. Wenn ich nicht zahle, verliere ich alles. Ihre Falschaussage würde wohl unter die Verjährungsfrist fallen, aber das aufgrund ihrer Falschaussage ihr zugeschriebene Haus müsste sie wohl zurückgeben, wohl inklusive der angefallenen Miete. Sie müsste ausziehen, würde zum Stadtgespräch werden und müsste auch ihren Wohnsitz ändern. Möglichst weit weg. Das Bestechungsgeld würde ihr eventuell bleiben, weil hier die Beweislage äußerst dürftig war und sie das Geld sehr gut versteckt hatte. Aber sie wollte da wohnen bleiben, wo sie jetzt wohnte. Sie wusste, dass sie nicht die beliebteste Nachbarin war, wenigstens nicht bei den Nachbarinnen. Aber die meisten Männer in der Nachbarschaft unterhielten sich gerne mit ihr. Dieses alles wollte sie nicht aufgeben.

Gegen 9.00 Uhr am Sonntagmorgen rief sie dann bei Mahldorf an.

„Lagonda. Haben Sie auch Post bekommen?"

„Ja. Was will er von Ihnen?"

„Zweihunderttausend für das Haus und die gleiche Summe noch einmal für die Miete der letzten zweiundzwanzig Jahre."

„Wenn Sie bereit sind zu zahlen, dann halte ich die Summe für angemessen. Aber wollen Sie das überhaupt?"

„Deshalb rufe ich Sie an. Was würden Sie mir raten?"

„Ich kann Ihnen keinen Rat geben, denn ich weiß auch nicht, wie ich mich verhalten soll. Von mir will er zwanzig Millionen und noch einmal fünf Millionen als Witwenversorgung aus dem Mordfall. Das sind ganz andere Summen. Darüber muss ich erst gründlich nachdenken. Gibt er Ihnen denn irgendeine Sicherheit, dass diese Erpressung danach beendet ist?"

„Ich weiß nicht, ob man das eine Sicherheit nennen kann. Er sagt, ich wäre dann raus aus der ganzen Sache. Er hätte keine Lust, sich hier wieder niederzulassen. Für mich ist das logisch und nachvollziehbar."

„Nun ja, das ist alles schön und gut, nur kann man unsere beiden Fälle nicht miteinander vergleichen. Im Augenblick weiß ich nicht einmal, ob die anderen auch Post bekommen haben. Ich erkundige mich und melde mich bei Ihnen."

Zum ersten Mal in seinem Leben war Rembert Mahldorf völlig verunsichert. Er wusste nicht, wie er sich entscheiden sollte. Aber eines war klar: Kampflos würde er nicht aufgeben. Aber dem Burschen einfach fünfundzwanzig Millionen zu überlassen, das kam gar nicht in Frage. Doch wie sollte er auf jemanden reagieren, den er zwar kannte, den er aber nicht wiedererkennen würde, wenn er vor ihm stünde?

Zunächst aber benötigte er eine Art Bodyguard. Er tätigte einen Anruf.

„Hallo Heinz, ich habe ein Problem. Bei mir wurde eingebrochen und dieser Bursche besitzt die Dreistigkeit, seinen nächsten Besuch auch noch anzukündigen. Er lässt sich auch nicht durch meine Alarmanlage beeindrucken. Er hat sie – wie auch immer – ausgeschaltet. Kennst du ein paar kräftige Männer, die für meine Sicherheit sorgen können?"

„Dienstag stellen sich zwei Männer bei dir vor. Frage nicht nach ihren Namen. Gib ihnen einfach einhundert Euro pro Nacht. Das ist in Ordnung."

„Danke."

„Nichts zu danken. Du weißt doch: ‚Eine Hand wäscht die andere'."

„So, das wäre erledigt", dachte Rembert und rief seinen Sohn an.

„Nein. Ich habe keine Post bekommen. Was will er denn schon von mir erpressen? Zehntausend Euro? Viel mehr habe ich nicht. Ich glaube eher, dass er mir nur einen ordentlichen Schrecken einjagen will. Und das hat er geschafft."

Mahldorf rief anschließend bei den beiden Münsteranern an. Aber auch dort hatte sich Roelvert nicht gemeldet.

„Vielleicht", so dachte Rembert, „wäre das für Roelvert zu viel Aufwand, vielleicht arbeitet er die Beteiligten nacheinander ab. Niemand hat schließlich die Möglichkeit, sich an die Polizei zu wenden."

Mahldorf meldete sich wieder bei Lagonda: „Nur wir beiden sind zur Zeit betroffen. Haben Sie denn für sich schon eine Entscheidung getroffen?"

„Wenn ich sicher sein könnte, dass mit der Zahlung von vierhunderttausend Euro die Sache für mich wirklich erledigt wäre, würde ich zahlen."

„Wie sollen Sie zahlen?"

„Vorsicht", schoss es Biggi durch den Kopf, „Mahldorf hat sich einmal in mein Leben eingemischt. Das reicht."

Deshalb antwortete sie: „Er wird es mir mitteilen."

„Sie können nicht zu lange überlegen."

„Ich weiß."

Für sich hatte sie schon die Entscheidung getroffen. Sie würde zahlen. Vincent Roelvert war ihr überlegen. Das wusste sie. Er war ihr immer einen Schritt voraus. Er wusste von Beginn an, was er wollte. Sie nicht. Jetzt aber doch. Sie würde zahlen, da sie nicht die Nerven hatte, so eine Sache hart auf hart durchzustehen. Mahldorf hatte andere, auch andere finanzielle Mittel, um die Sache zu überstehen.

Kapitel 16

Montagmorgen, 15.8.2016, Greven und Münster

Der Montag brachte Arbeit und Hektik für alle Beteiligten.

Jean-Luc Beauchamps hackte Holz, Brigitte Lagonda verließ um 7.45 Uhr ihr Haus, die Gardinen des Wohnzimmers waren zurückgezogen, so dass man einen auf dem Wohnzimmertisch liegenden Brief in einem blassen Altrosa sehen konnte, wenn man wusste, dass dort ein Brief lag, und Rembert Mahldorf ging schon vor dem Frühstück an seinen Briefkasten, ohne jedoch Post zu finden. Wie sollte er auch? So früh ist kein Postbote unterwegs.

Jean-Luc Beauchamps war um 7.00 Uhr aufgestanden. Frau Bartenscheid hatte für 7.30 Uhr ein Frühstück vorbereitet. Sehr üppig, mit gebratenem Frühstücksspeck und Rührei, mit Kaffee und Tee. Sophie gesellte sich zu ihnen.

„Mensch, Oma, willst du uns mästen?", fragte sie.

„Zunächst einmal ist das Frühstück für Herrn Beauchamps. Wenn er schon Holz hackt, dann muss ich auch dafür sorgen, dass er bei Kräften bleibt. Aber weißt du, was ich heute beim Bäcker gehört habe?"

„Nein. Wie sollte ich? Erzähl!"

„Gestern Nacht oder am Morgen – so genau wusste es die Verkäuferin auch nicht – hat man zwei übel zugerichtete Männer hier auf der Straße gefunden. Erst dachte man, sie seien vollkommen betrunken, weil sie nicht mehr gehen konnten. Aber dann stellte sich heraus, dass sie aufgrund einer Unterleibsgeschichte nicht mehr gehen konnten."

„So, so", meinte Sophie, „wegen einer Unterleibsgeschichte konnten sie nicht mehr gehen. Das muss aber eine seltsame Unterleibsgeschichte sein."

„Ach, Sophie, du weißt genau, was ich meine. Wahrscheinlich eine Prügelei und dabei wurden sie nun mal dort getroffen, wo es Männern sehr weh tut. Aber reden wir lieber vom Holzhacken."

„Hoffentlich bekommt Herr Beauchamps davon keine Unterleibsgeschichte. Das wäre ja schlimm."

Fünfzehn Minuten später stand Beauchamps auf der Terrasse hinterm Haus.

„Zwei Raummeter, schätze ich. Wer hat denn das Holz hierhin geschleppt?"

„Ich", meldete sich Sophie. „Ein Bauer hat es in der Einfahrt abgekippt und den Rest habe ich mit einer Schubkarre erledigt. Haben Sie jetzt Angst vor dem Holz?"

„Nicht, wenn Sie das richtige Werkzeug haben."

„Reichen Spaltaxt und zwei Keile?"

„Auf jeden Fall."

„Dann fahre ich mal zur Uni und störe nicht weiter."

„Jetzt in den Semesterferien?"

„Laborarbeit. Dafür hat man während des Semesters keine Zeit."

Beauchamps machte sich an die Arbeit und Gertrud Bartenscheid versprach ein kräftiges Mittagessen.

Brigitte Lagonda war noch müde, als sie am Montagmorgen aufstand. In der Nacht hatte sie wohl zehnmal auf die Uhr gesehen. Das zeugte nicht gerade von innerer Ruhe. Jetzt, um 6.30 Uhr, stand sie auf. So gerne sie Geld hatte, so sehr war ihr klar geworden, dass sie auf vierhunderttausend Euro verzichten musste. Sie hatte sich entschieden: für Ruhe, gegen Angst, vielleicht auch für ein besseres Gewissen. Trotzdem war ihre Unruhe nicht verschwunden. Sie vertraute jemandem, den sie vor langer Zeit verkauft hatte. Man sagt zwar: ‚Geld ist nicht wichtig, aber es beruhigt.' Dieser Satz hatte für Biggi nie gestimmt. Für Biggi war es eher umgekehrt. Seit sie vor zweiundzwanzig Jahren die fünf Millionen DM von Mahldorf bekommen hatte, lebte sie eigentlich in ständiger Angst, dass das Geld ihr Unglück bringen würde. Seitdem sie den ersten Brief von Vincent Roelvert bekommen hatte, fragte sie sich immer wieder, wie sich ihr Leben wohl entwickelt hätte, wenn sie damals das Spiel nicht mitgemacht hätte.

Als Abteilungsleiterin verdiente Biggi gut, sie hatte das Mahldorfsche Geld nie nötig gehabt. Sie hatte es nicht einmal angerührt. Gut, die Reparaturen am Haus und notwendige Renovierungen hatte sie von den Erträgen dieser Anlage bezahlt. Doch für sich selbst hatte sie keinen Pfennig oder später keinen Cent genommen. Als ihr dieser Umstand in der Nacht zu Bewusstsein kam, begriff sie ihr Handeln von damals überhaupt nicht mehr. Warum hatte sie das Spiel mitgemacht? Gut, damals hatte man sie mit Geld locken können. Was Vincent geschrieben hatte, stimmte. Für einhundert DM bekam man von ihr früher sehr viel, für zweihundert DM mehr als die meisten Männer sich überhaupt vorstellen konnten. Es hatte ihr Spaß gemacht, mit Männern zu schlafen. Das änderte sich erst, nachdem sie sich auf diese Aktion gegen Vincent Roelvert eingelassen hatte. Von ihrem früheren Leben wusste heute kaum noch jemand etwas. Doch egal! Ändern konnte sie nichts mehr. Vielleicht würde ja nach der Zahlung alles besser werden.

Als sie das Haus verließ, waren die Vorhänge und Gardinen des Wohnzimmers weit aufgezogen. Der Brief war für den, der danach suchte, gut sichtbar.

Rembert Mahldorf musste Vorbereitungen treffen, Vorbereitungen, die Daniela betrafen. Wieso gerade Daniela? Nicht Rom oder Laura, seine Kinder, weder seine erste, noch seine dritte Frau. An die zweite dachte er sowieso nicht. Daniela war der einzige Mensch, bei dem er sich wohlfühlte. Und das bezog sich bei weitem nicht nur auf das Schlafzimmer. Er hatte ja schon lange vorgehabt, ihr etwas zu vererben. Doch dieser Gedanke war abstrus, denn abgesehen von der Erbschaftssteuer, die Daniela einmal zahlen müsste, stand die Frage im Raum, was ihr ein potentielles Erbe, das vielleicht in zehn, fünfzehn oder sogar erst in zwanzig Jahren eintrat, bringen würde. Und was hätte sie, wenn ihm jetzt etwas zustoßen würde? Nichts! Außerdem stand sie ja nicht einmal in seinem Testament. Überhaupt sein Testament, das müsste er dringend auf Vordermann bringen. Bei näherer Betrachtung hatte er sich bis jetzt um nichts gekümmert. Er hatte sich sozusagen für unsterblich gehalten. Erst durch Vincent Roelvert war er wieder auf dem Boden der Tatsachen angelangt. Er war sterblich. Und dann? Gut, man kann nach dem Prinzip ‚Nach mir die Sintflut' leben. Aber das wollte Rembert nicht. Ein Anruf und er hatte für Mittwochnachmittag einen Termin bei seinem Notar. Zwei weitere Anrufe und zwei Grevener Banken hatten Arbeit: zwei Pakete im Wert von fünfhunderttausend Euro in Geldscheinen, Goldmünzen und kleineren Goldbarren. Er, Rembert, würde die Pakete am Dienstagmorgen abholen.

Jetzt kam noch das Gespräch mit Daniela. Diese wusste bis jetzt von nichts. Und sie sollte die volle Wahrheit auch nie erfahren.

Daniela war wie immer, wenn sie am Wochenende frei hatte, pünktlich mit frischen Brötchen zurückgekehrt. So auch nach diesem verlängerten Wochenende. Es war ihr schon etwas seltsam vorgekommen, dass sie Rembert schon früh am Morgen in der Küche vorfand. Und auch dieses Gespräch fand wie immer außerhalb des Schlafzimmers mit dem förmlichen „Sie" statt. Sie sah auf die Uhr und sagte: „Es ist erst 7.00 Uhr. Konnten Sie nicht schlafen?"

„So ungefähr. Während Ihrer Abwesenheit ist etwas passiert und damit habe ich ein Problem, das ich mit Ihnen besprechen muss. Es fällt mir auch schwer, darüber zu reden. Ein Erpresser hat sich bei mir gemeldet, der glaubt, etwas gegen mich in der Hand zu haben – aus meiner Zeit als Politiker. Ich kann die Polizei nicht einschalten, da er für den Fall Konsequenzen angedroht hat. Ich weiß nicht einmal, was er in der Hand hat, aber ich halte es für sinnvoll, wenn Sie in den nächsten Wochen Urlaub machen – bezahlten Urlaub natürlich. Für meine eigene Sicherheit habe ich gesorgt, doch ich kann nicht alle Leute, die mir nahe stehen, beschützen. Und sollte hier geschossen werden, dann wird die Situation kompliziert. Dann muss ich abtauchen, bis die Polizei, die man dann nicht mehr außen vor halten kann, den Fall gelöst hat."

Daniela war ein bisschen perplex. Dass Rembert Mahldorf früher häufig im Rampenlicht gestanden hatte, war ihr bekannt. Auch heute verkehrten noch manchmal Leute in seinem Haus, die im politischen oder wirtschaftlichen Leben etwas darstellten. Aber eine Erpressung mit Androhung von Waffengewalt? Das hatte sie nie erwartet.

„Soll ich jetzt nach Malle fliegen? Wir haben Hauptreisezeit, da werde ich kaum etwas finden."

„Wie Sie wissen, habe ich eine Wohnung auf Norderney. Dort können Sie unterschlüpfen und die Insel ist nicht übel."

„Ist das denn wirklich notwendig?"

„Ich glaube ja."

„Dann erledige ich hier noch meine Arbeiten und kann morgen Nachmittag abfahren."

Kapitel 17

Montagnachmittag, 15.8.2016, Greven und Münster.

Punkt 12.00 Uhr war Jean-Luc Beauchamps mit seiner Arbeit fertig. Das Holz war gespalten und lag aufgestapelt hinter der Garage. Gertrud Bartenscheid hatte das Essen um 12.30 Uhr auf dem Tisch stehen und Beauchamps langte zu, wie es sich für einen Waldarbeiter gehört. Sophie würde erst gegen Abend zurückkehren.

Jean-Luc verließ um 14.00 Uhr das Haus. Er hatte, wie er bemerkte, einen Termin bei einem Rechtsanwalt. Dieser Termin könnte sich deutlich in die Länge ziehen. Der Rechtsanwalt Dr. Derendrup empfing Beauchamps mit großem Erstaunen.

„Ich hätte Sie nicht wiedererkannt", sagte er.

„Es ist ja auch ziemlich lange her, dass wir uns das letzte Mal gesehen haben."

„Nun ja, fast zwanzig Jahre Herr ...."

„Beauchamps, bleiben wir bei Beauchamps. So steht es in meinem Ausweis und der ist so echt wie der Ihrige."

„Dann setzen wir uns. Es wird ja etwas dauern, bis wir unsere Angelegenheit beredet haben."

„Es wird dauern und ich bin Ihnen sehr dankbar, dass Sie über all die Jahre Informationen zu diesem Fall gesammelt haben. Sie haben damals Vincent Roelvert verteidigt und Sie waren der Einzige, der immer an dessen Unschuld geglaubt hat."

„Das ist richtig. Aber man müsste hinzufügen, dass ich der Einzige war, der an seine Unschuld geglaubt hat, die übrigen am Prozess beteiligten Personen wussten, dass er unschuldig war. Man hatte mich als Pflichtverteidiger bestimmt, weil dies für mich der erste große Fall war. Ich hatte überhaupt keine Erfahrung in diesen Dingen und bin vollkommen überrumpelt worden von der Taktik des Gerichts. Nur hatte man sich bei mir in einer Sache gewaltig getäuscht. Ich bin ein verdammter westfälischer Dickschädel. Mich legt man einmal rein, dann nie wieder."

„Haben Sie denn Erkenntnisse, weshalb man damals ausgerechnet Vincent Roelvert als Schuldigen ausgesucht hat?"

„Er hatte keine Verwandten. Es gab niemanden, der später ein Interesse daran gehabt hätte, den Fall neu aufzurollen."

„Das habe ich mir gedacht. Nur Sie waren an dem Fall weiter interessiert."

„Wie gesagt, Auswirkung meiner Mentalität. Ich bin immer – das heißt einige Jahre lang – an diesem Fall drangeblieben. Nach etwa fünf Jahren tat sich nichts mehr, der Fall geriet in Vergessenheit, die Sieger triumphierten. Und sie wurden nachlässig. Dadurch ist es mir gelungen, an Unterlagen zu kommen, die eigentlich hätten vernichtet werden müssen. Ich aber wollte nicht nur die Wahrheit wissen, die kannte ich schon lange, ich wollte sie auch beweisen."

„Und können Sie die Wahrheit jetzt beweisen?"

„Es würde für eine Revision des Falles reichen. Aber was bringt das? Alles ist verjährt."

„Nicht, wenn es um Mord geht. Wie Sie wissen, gab es einen Mordanschlag auf Vincent Roelvert, als er aus der JVA Stuttgart-Stammheim entlassen wurde. Zwei Männer auf einem Motorrad näherten sich der Tür, die für die Inhaftierten in die große Freiheit führt und eröffneten das Feuer. Sie verfehlten Roelvert, töteten aber einen neben ihm stehenden Vollzugsbeamten."

„Haben Sie denn Beweise? Können Sie belegen, dass Mahldorf den Auftrag zu dieser Tat gegeben hat?"

„Ja. Ich kenne die Namen der beiden Auftragskiller. Es hat über ein Jahr gedauert, bis ich alles in Erfahrung gebracht hatte. Beide leben noch und sie werden reden. Sie bekamen damals vor der Tat nur die Hälfte er verabredeten Summe. Die Restzahlung sollte später erfolgen. Da die beiden aber den Falschen erwischten, gab es keine weitere Zahlung. Das Geld ist lange aufgebraucht und die beiden sind pleite. Für eine Runde an der Theke erzählen sie heute Geschichten aus ihrem früheren Leben. Und sie werden alles erzählen, was sie wissen."

„Sind Sie sicher?"

„Absolut. Ich habe Freunde, die früher Verhörspezialisten waren. Glauben Sie mir, die erfahren alles."

„Das ist Ihre Angelegenheit. Vielleicht sollte ich davon gar nichts wissen."

„Das ist auch besser so. Aber was gibt es an beweisfähigen Fakten über den Fall?"

„Die Vergewaltigung und schwere Körperverletzung der Brigitte Lagonda wurde von Romuald Mahldorf begangen."

„Das habe ich immer vermutet, aber kann man das beweisen?"

„Das Beweisstück ist das zerrissene Kleid dieser Frau. Auf dem Kleid befinden sich verschiedene Blutspuren, teilweise Blutflecken, die sich überdecken. Laut damaligem Bericht waren die Blutspuren eindeutig zuzuordnen: dem Opfer und dem Täter. Wenn nun aber besagter Vincent Roelvert nicht der Täter ist, dann müssen einige der Blutspuren von Romuald Mahldorf stammen. Heute ist es kein allzu großes Problem, die DNA aus den Blutresten zu bestimmen."

„Vincent Roelvert hatte man damals Blut abgenommen, also wird sich dieses Blut auch auf dem Kleid befinden, denn so dumm werden die Leute wohl nicht gewesen sein und haben nicht ein paar Blutspritzer hinzugefügt."

„Das ist kein Hindernis. Alte Blutspuren kann man nicht komplett entfernen. Außerdem ist dieses Kleid seit langer Zeit in meinem Besitz: vakuumiert in meinem Tresor. Zudem bin ich im Besitz von verschiedenen Kontoauszügen, die die damaligen Transaktionen beweisen können. Die Zahlungen liefen natürlich in bar, aber das Geld kam ja irgendwo her und floss irgendwo hin. Diese Belege existieren, illegal zwar alles, aber diese Belege können einen ganz schönen Druck ausüben. Ich habe Kopien angefertigt und Fotos von dem Kleid. Selbstverständlich habe ich immer Einmalhandschuhe getragen. Man wird nichts finden, was uns belasten könnte. Wie wollen Sie nun vorgehen?"

„So, wie Sie es gesagt haben: Druck ausüben. Ich glaube, dass Frau Lagonda vernünftig sein wird. Sie wird zahlen, zumal die geforderte Summe für sie nicht sehr bedeutend ist. Nach meinen Beobachtungen hat sie ein verdammt schlechtes Gewissen.

Bei Rembert Mahldorf ist die Sache anders gelagert. Er hält sich allen Menschen überlegen. Man wird ihm beibringen müssen, dass er keine Alternativen hat. Mit den nötigen Belegen wird das hoffentlich gelingen."

„Dann nehmen Sie diesen dicken Umschlag mit. Darin befinden sich alle Belege in Kopie und Einmalhandschuhe, damit auch Sie keine Spuren hinterlassen. Sie wissen aber, dass Sie damit eine Art von Selbstjustiz ausüben, zu einem modernen Michael Kohlhaas werden."

„Darüber habe ich mir viele Gedanken gemacht. Aber es gibt einen gewaltigen Unterschied zwischen dem von Kleist'schen Kohlhaas und mir. Dieser war enttäuscht darüber, dass er auf juristischem Weg keine Gerechtigkeit erfahren konnte. So beginnt Kohlhaas einen Rachefeldzug, den er nie gewinnen konnte, einen Rachefeldzug auch gegen Unschuldige. Er greift zur Selbstjustiz und handelt dabei nach der Devise: 'Fiat iustitia et pereat mundus.' Auf gut Deutsch: 'Es soll Gerechtigkeit geschehen, und gehe auch die Welt daran zugrunde!' Kohlhaas war lediglich ein rigoroser bürgerlicher Moralist. Er hatte nie eine Chance, seinen Kampf zu gewinnen und ging mit dem Kopf durch die Wand."

„Donnerwetter!", unterbrach ihn Derendrup. „Jetzt überraschen Sie mich aber."

„Ich hatte ja genügend Zeit, mich mit dieser Problematik zu beschäftigen. Und ich war übrigens kein schlechter Schüler. Ernst Bloch nannte Michael Kohlhaas einmal auch den Don Quijote rigoroser bürgerlicher Moralität. Aber zurück zu Vincent Roelvert. Dieser hat alle Asse im Ärmel und sitzt am längeren Hebel. Sähe er für sich keine Chance in dieser Auseinandersetzung, würde er den Kampf erst gar nicht aufnehmen, denn die Sache mit den Verjährungsfristen macht ja eine offizielle Strafverfolgung praktisch unmöglich. Unser Strafgesetzbuch schützt die Täter, nicht die Opfer. Die werden dort nicht einmal erwähnt. Für mich geht es im Prinzip um folgende Frage: ‚Wenn man Unrecht mit unrechten Mitteln in Recht verwandelt, ist es dann Recht oder bleibt es Unrecht?' Sie können ja mal versuchen, dieses juristische Problem zu lösen. Vielleicht ist es aber auch nur ein philosophisches Problem. Mehr kann ich dazu im Augenblick nicht sagen. Wir werden uns aber bestimmt noch einmal wiedersehen."

„Ganz bestimmt."

Gegen 16.00 Uhr bekam Rembert Mahldorf Besuch. Zwei sehr kräftige Männer stellten sich vor: „Man hat uns gesagt, wir sollten hier nachts ein wenig aufpassen."

Rembert Mahldorf übergab jedem einen Hunderter und fühlte sich sicher. Daniela sah das Ganze mit einer gehäuften Portion Skepsis und war langsam aber sicher davon überzeugt, dass ein wenig Urlaub ihr gut tun könnte. Sie beobachtete eine Zeit lang die beiden Aufpasser, Wächter oder wie auch immer man sie bezeichnen sollte. Einer umrundete das Haus langsam im Uhrzeigersinn, der andere in entgegengesetzter Richtung. Sie wirkten zwar beruhigend, doch beunruhigend war, dass man diese Burschen überhaupt nötig hatte.

Denn wenn man schon solche Burschen benötigte, dann musste doch einiges vorliegen: „Rembert, welche Leiche hast du im Keller?", fragte sie sich und freute sich auf den bevorstehenden Urlaub.

Brigitte Lagonda kam gegen 19.30 Uhr nach Hause. Ein Brief lag hinter der Tür. Puls 180. Mit zittrigen Fingern öffnete sie den Brief.

„Hallo Biggi, ich freue mich, dass du meinen Vorschlag angenommen hast. Beruhige dich jetzt erst einmal! Wir werden die Angelegenheit damit aus der Welt schaffen. Vielleicht trinken wir ja einmal einen Kaffee zusammen, wenn alles beendet ist. Trotzdem: Zahlen musst du natürlich. Lege das Paket mit dem Geld am Kirmessamstagabend auf den Wohnzimmertisch und lass die Jalousien runter und das Licht im Wohnzimmer und im Eingangsbereich an. Ich hole mir dann das Päckchen. Und schiebe bitte an der Gartentür an diesem Abend nicht den Riegel vor. Ich müsste sonst wieder über das Dach einsteigen. Verlasse das Haus gegen 22.00 Uhr! Dann wird es schon dunkel sein."

Biggi atmete tief durch. Sie war davon überzeugt, das Richtige getan zu haben. Sie würde niemandem etwas über ihre Entscheidung erzählen.

Um 18.00 Uhr kehrte Jean-Luc Beauchamps in die Turmstraße zurück. Er hatte bereits gegessen, denn er wollte nicht, dass ein zu enges Verhältnis zu den Bartenscheids entstand, eine Art Leben in der Familie. Er teilte den beiden Frauen mit, dass er noch einmal weg müsse. Er hätte aber ein Problem, bei dessen Lösung sie ihm eventuell behilflich sein könnten.

„Ich muss einige Leute finden, die irgendwie mit mir verwandt sind. Ich kann diese Arbeit nicht leisten, weil ich mich hier nicht auskenne. Auch mein Anwalt kam in dieser Beziehung nicht viel weiter. Kennen Sie vielleicht einen Privatdetektiv, der diese Arbeit für mich übernehmen könnte?"

„Also, junger Mann …", begann Gertrud Bartenscheid.

„Danke für den jungen Mann, aber so jung …."

„Geht noch", unterbrach Sophie ihn.

Beauchamps sah sie erstaunt an.

„Ich wollte nur sagen", fuhr Gertrud Bartenscheid fort, „dass ich noch nie etwas mit solchen Leuten zu tun hatte. Ich kann Ihnen da nicht weiter helfen."

„Ich glaube, dass ich da jemanden für Sie kenne", erklärte Sophie. Ich habe eine Kommilitonin, Greta Carlsson, eine ungewöhnliche Frau. Sie hat einen Freund, den sie immer als ihren Mann vorstellt, der ebenso ungewöhnlich ist. Seine Freunde bezeichnen ihn häufig als Trüffelschwein, weil er jeden und alles findet. Vielleicht ist das der richtige Mann für Sie. Und seien Sie nicht überrascht. Er ist im Hauptberuf Geschäftsführer von zwei Haushalts- und Eisenwarengeschäften, Privatdetektiv ist er nur nebenbei."

„Dann geben Sie mir mal seine Adresse."

„Ich treffe Greta morgen und werde mit ihr einen Termin abmachen."

„Kann die das einfach so?"

„Sie kennen Greta nicht. Die kann das."

Um 20.00 Uhr rief Gödden Scherzberger an: „Hast du auch Post bekommen?"

„Ja."

„Wieviel will er?"

„Eine halbe Million."

„Bei mir ebenso. Zahlen wir?"

„Siehst du eine Alternative?"

„Ihm auflauern und umlegen."

„Und erwischt werden. Es gibt keine Alternative. Ich frage mich nur, weshalb er nicht das ganze Schmiergeld haben will."

„Er ist nicht dumm. Würde er alles verlangen, müsste er eventuell mit unserem Widerstand rechnen. Zudem weiß er wahrscheinlich, dass wir nicht mehr über das ganze Geld verfügen."

„Das würde bedeuten, dass er uns seit langer Zeit ausgekundschaftet hat."

„Richtig. Und das wiederum heißt, dass er uns hochgehen lässt, wenn wir nicht zahlen. Kannst du zahlen?"

„Ja. Und du?"

„Ich auch. Also zahlen wir. Der Roelvert wird in nächster Zeit viel Geld einsammeln. Das meiste wohl bei Mahldorf. Unser Problem ist also weniger, ob wir zahlen, sondern ob Mahldorf zahlt. Dieser stellt eine große Gefahr für uns dar. Weigert er sich, können wir alle auffliegen."

„Ich hoffe, er zahlt."

Kapitel 18

Als Daniela um 7.00 Uhr die Jalousien des Hauses hochfahren ließ – elektrisch versteht sich –, glaubte sie, ihren Augen nicht trauen zu können. Sie guckte noch einmal hin, dann schrie sie aus Leibeskräften. Rembert eilte sofort herbei, noch im Schlafanzug. Der Anblick raubte auch ihm fast den Verstand und bescherte ihm Atemnot. Den Mittelpunkt des Rasens hinter dem Haus bildete ein großer Apfelbaum: große Früchte, süß und wohlschmeckend. Doch heute Morgen hingen dort keine Äpfel, sondern die beiden Bodyguards. Nicht etwa am Hals aufgehängt, zwecks Herbeiführung des Todes. Nein, sie hingen dort an den Füßen, die Beine weit gespreizt, splitterfasernackt, geknebelt und die Hände auf den Rücken gebunden. Damit waren sie praktisch bewegungsunfähig.

„Sehen Sie mal, was die beiden zwischen den Beinen haben", sagte Daniela und zeigte auf die beiden Wächter.

„Nun, das, was alle Männer dort haben."

Doch dann sah es auch Rembert Mahldorf. Er und Daniela eilten nach draußen, um die Szene genauer zu betrachten. Da war etwas zu sehen, was da bestimmt nicht hingehörte: eine Art Sylvesterböller, mit einem Klebestreifen zwischen den Beinen befestigt. Mit Hilfe von Daniela gelang es Rembert, die beiden Männer aus ihrer misslichen Lage zu befreien. Sie zogen sich schnell an und wirkten gar nicht mehr so stark wie am Vorabend. Dann erzählten sie und ihre Versionen waren identisch.

„Plötzlich stand ein Mann vor mir, mit einer Art Skimütze. Man konnte auf jeden Fall das Gesicht nicht erkennen. Dann wurde mir schwarz vor Augen. Erst am Baum hängend, kam ich wieder zu Bewusstsein. ‚Der Böller ist nur eine Warnung', sagte er. ‚Beim nächsten Mal werde er ihn zünden.' Das war ein Profi, jemand, der genau wusste, was er tat. Mit einem einzigen Schlag hat er mich ins Land der Träume geschickt. Ich bin bestimmt nicht ängstlich und weiche keiner Schlägerei aus. Aber der Bursche ist ein paar Nummern zu groß für uns."

„Haben Sie ihn denn nicht gehört?"

„Nein. Er stand plötzlich vor mir. Dann ein einziger Schlag. Ich weiß nicht, wo man so etwas lernt. Für uns ist die Arbeit hier beendet. Gegen den haben wir keine Chance. Tschüss!"

Sie zogen ihre dicken Bikerjacken an, setzten sich auf ihre Motorräder und verschwanden.

„Und jetzt?", fragte Daniela.

„Jetzt muss ich erst nachdenken. Ich weiß nicht, wen der Bursche engagiert hat."

„Und wenn er es selbst ist?"

„Dann gnade mir Gott. Trotzdem sollten wir erst frühstücken. Der Bursche kommt ja wohl nur im Dunkeln."

Während sie aßen kam Rembert Mahldorf auf das Gespräch vom Vortag zurück.

„Ich glaube, jetzt sehen Sie ein, dass ein Urlaub für Sie angemessen erscheint."

„Ich bin ganz Ihrer Meinung. Aber nach diesem Ereignis müssen Sie die Polizei einschalten. Sie haben es hier nicht mit einem kleinen Erpresser zu tun. Dass sich Ihre Bodyguards aus dem Staub gemacht haben, spricht für sich."

„Packen Sie Ihre Sachen großzügig. Vielleicht dauert Ihr Aufenthalt auf Norderney etwas länger als gedacht. Ich muss gleich noch in die Stadt und etwas erledigen."

Damit war das Frühstück beendet. Rembert stand auf, ging ins Bad und verließ dreißig Minuten später das Haus.

Daniela räumte den Tisch ab und machte sich in der Küche an die Vorbereitungen fürs Mittagessen. Ihr Arbeitsgeber sollte nicht ohne Essen bleiben. Gegen 11.00 Uhr hatte sie einen Topf auf dem Herd stehen. Es gab Eintopf, einen großen Topf. Den konnte Rembert sich an den nächsten beiden Tagen aufwärmen. Rembert Mahldorf gab sich im Restaurant gerne als Feinschmecker. Zuhause aber liebte er eher deftige Gerichte.

Daniela ging auf ihr Zimmer und legte alle Kleidungsstücke, die sie mitzunehmen gedachte, aufs Bett. Ihr großer Trolley würde vonnöten sein. Um 11.30 Uhr hörte sie die Eingangstür ins Schloss fallen.

„Herr Mahldorf?"

„Ja, ich bin's. Keine Angst. Können Sie eben kurz nach unten kommen?"

Unten sah Daniela Mahldorf in seinem Arbeitszimmer. Auf seinem Schreibtisch standen zwei fast identische, stabil wirkende Aktenkoffer.

„Setzen Sie sich. Was ich Ihnen jetzt sagen werde, sollten Sie eigentlich erst viel später erfahren. Aber nun ist diese leidige Affäre dazwischen gekommen. Daniela, Sie sind jetzt seit fünf Jahren bei mir und ich war mit allem, was Sie taten, immer sehr zufrieden. Lassen wir einmal unsere ganz persönliche Abmachung beiseite, dann muss ich sagen, dass ich mir keine bessere Hauswirtschafterin vorstellen kann. Sie wissen, ich habe die Siebzig erreicht und da macht man sich schon Gedanken, wie es weitergehen soll. Mein Privatleben ist lange nicht so erfolgreich verlaufen wie meine wirtschaftlichen Unternehmungen. Ich habe heute Nachmittag noch einen Termin bei meinem Notar. Es besteht die Notwendigkeit, dass ich ein Testament mache. Eigentlich könnte ich auch sagen, sollen sich doch meine potentiellen Erben nach meinem Tod prügeln und mein Geld vor Gericht erstreiten oder an die Anwälte verteilen. Doch diese Sache setzt mich unter Druck. Ich kann Ihnen verraten, dass ich Sie in meinem Testament bedenken werde. Aber das nur nebenbei.

Hier sehen Sie zwei Koffer. Beide Koffer gehören Ihnen. Einen nehmen Sie bitte noch heute an sich, den anderen dann, wenn Sie dieses Haus für immer verlassen. Um die Zahlenschlösser zu öffnen, müssen Sie Ihr Geburtsdatum eingeben, Tag und Monat. Versuchen Sie es einmal."

Daniela war sprachlos, sie wusste nicht, was sie sagen sollte. Sie nahm einen der Koffer, legte ihn auf ihren Schoß, gab ihr Geburtsdatum ein, drückte auf die Schlösser und es sagte „Klick". Sie öffnete den Deckel und bekam sofort einen Schluckauf.

„Weshalb?", fragte sie.

„Weil es sein muss. Ich hätte gerne eine Frau gehabt wie Sie. Doch bei mir waren es immer Fehlgriffe, auch wenn ich gestehen muss, dass ich nicht ganz unschuldig am Scheitern meiner Ehen war. Meine Tochter Laura hätte ich gerne hier bei mir, doch sie verweigert sich mir. Auf jeden Fall befinden sich in den beiden Koffern je eine halbe Million Euro, wie Sie sehen in bar und in Gold. Ich würde den Koffer nicht nach Norderney mitnehmen. Haben Sie ein Bankschließfach?"

„Ja."

„Dann deponieren Sie den Koffer dort. Sie können ja ein bisschen von dem Geld mitnehmen, denn Shoppen auf Norderney kann Spaß machen."

Sie verschloss den Koffer wieder und sah ihn mit großen Augen an.

„Nein", sagte er dann. „Wir gehen jetzt nicht ins Schlafzimmer. Damit hat das Geld nun gar nichts zu tun. Jetzt sollten Sie Ihren Koffer in Sicherheit bringen. Den anderen schließe ich in meinem Tresor ein mit der Bemerkung ‚Für Daniela'."

Daniela verschloss ihren Aktenkoffer wieder und verließ mit der Bemerkung „Ich fahr dann mal eben zur Bank" das Haus.

Rembert Mahldorf begleitete sie zur Tür und einem innerem Trieb folgend ging er weiter zum Briefkasten. Er öffnete das rückwärtige Türchen und sah einen Brief: ohne Briefmarke, kein Absender, als Adressaten Herrn Rembert v. Mahldorf. Rembert wurde nervös, er schaute sich um, niemand war zu sehen. Wann hatte Vincent Roelvert den Brief eingeworfen? Er ging zurück ins Haus. In seinem Arbeitszimmer öffnete er den Umschlag, der nicht verklebt war.

„Sehr geehrter Herr von Mahldorf,

Sie fragen sich wahrscheinlich, woher ich die Geschichte mit dem ‚von' weiß. Falls wir uns in den geschäftlichen Dingen einigen, können wir uns über die Rückgabe des ‚von' unterhalten. Das ist nämlich möglich. Doch darauf komme ich später zu sprechen.

Als ich heute Nacht Ihr Grundstück besuchte, hatte ich zwei Briefentwürfe mit: diesen und einen harmlosen, fast verständnisvollen. Aber Sie haben mich sehr enttäuscht. Was sollte diese Sache mit Ihren beiden Chorknaben? Solche Burschen sind nun wirklich keine Gegner für mich. Sie halten sich immer noch für groß und unantastbar und mich für den harmlosen, unbedeutenden Jungen, den Sie für zehn Jahre weggesperrt und für weitere zehn Jahre vertrieben haben. Wenn Sie wüssten, wo ich mich in diesen zehn Jahren aufgehalten und was ich dort getan habe, würden Sie sich jetzt vor Angst in die Hosen machen. Als Anregung ein Tipp: Afghanistan, Mali, Tschad, Horn von Afrika, Guayana. Fangen Sie endlich an zu denken, bevor es zu spät ist und ich mir alles nehme, was Sie besitzen. Überlegen Sie einmal: Was habe ich noch zu verlieren? Nichts. Was haben Sie zu verlieren? Alles. Nur Sie begreifen Ihre Situation noch gar nicht.

Wenn ich Rom bestrafen würde, es würde Sie nicht besonders berühren, obwohl Sie seit einer Woche plötzlich Familiengefühle entwickeln. Von Ihren drei Ex-Frauen kennen Sie nicht einmal den Wohnort. Sie wissen nicht einmal, ob sie noch leben. Aber es gibt einen Schwachpunkt in Ihrem Leben: Laura, Ihre Tochter. Sie ist bildhübsch, hochintelligent und hat gerade einen Studienabschluss am MIT gemacht. In Rekordzeit und mit Auszeichnung. Herzlichen Glückwunsch. Wenn Sie nicht wissen, was das MIT ist, informieren Sie sich im Internet.

Jetzt atmen Sie erst einmal durch. Ich würde Laura nie etwas antun. Ich heiße schließlich nicht Rembert Mahldorf. Es liegt in Ihrer Hand, was aus Laura wird. Mit diesem Abschluss steht ihr jede Laufbahn offen, bis hin ins Wirtschaftsministerium, ins deutsche, wenn sie will auch ins amerikanische. Allerdings mit einem Mörder als Vater, wird sie vielleicht eine Pommes-Bude leiten. Sie entscheiden.

Sehen Sie sich die Kopien an, die ich diesem Brief beigefügt habe. Biggis Kleid werden Sie wiedererkennen. Es ist in meinem Besitz. Heutzutage ist es kein Problem, die DNA aufgrund der Blutreste zu bestimmen. Natürlich wird man – neben Biggis Blut – auch mein Blut dort finden. Es stand Ihnen ja zur Verfügung. Aber wie kommt es, dass sich Roms Blut unter meinem Blut befindet? Ich habe nichts gegen Rom. Er stand immer unter Ihrer Fuchtel. Er hätte wahrscheinlich damals die Schuld auf sich genommen, wie es sich gehört. Er hat sogar einmal gesagt, er tat es, um Ihnen zu schaden. Aber Sie haben in das Schicksal mehrerer Menschen eingegriffen und haben deren Leben fast zerstört.

Sehen Sie sich die Kopien der Kontoauszüge an! Diese belegen den Geldfluss von damals. Und noch eins: Es hat fast ein Jahr gedauert, bis ich Ihre beiden Möchtegernkiller gefunden habe. Beide sind, wie Sie sich vorstellen können, pleite. Und sie reden zu viel. Ich habe Freunde, die ihnen die Geschichte von damals entlocken werden, wobei entlocken ein Euphemismus ist. Glauben Sie mir einfach, die Rollen sind diesmal vertauscht.

Vor zweiundzwanzig Jahren hatte ich keine Chance gegen Sie. Heute haben Sie keine Chance gegen mich. Und noch eins: Sollte mir etwas zustoßen, fliegen Sie auf.

Es täte mir um Laura leid. Sie trägt übrigens immer noch Ihren Namen. Ihre dritte Frau hatte nach der Scheidung ihren Mädchennamen wieder angenommen. Laura Mahldorf klingt ja auch nicht schlecht. Und ich gebe Ihnen in einem Recht: Rembert Mahldorf ist in der Tat ein lautmalerischer Tiefschlag, Rembert von Mahldorf schon fast Poesie. Jetzt zu Ihrem Titel: Sie können ihn wiederhaben. Das stellt im Prinzip kein Problem dar. Als Ihr Vater auf das kleine ‚von' verzichtete, ist dem unterzeichnenden Beamten ein Fehler unterlaufen, den keiner bemerkt hat. Nicht einmal Sie, was mich doch sehr verwundert.

Nun entscheiden Sie: für Laura oder gegen Laura. Mein Wort steht noch: Brennt in Ihrem Garten in der Nacht vom 20. zum 21. das Licht, sehe ich das als Zeichen, dass Sie einlenken. Ansonsten bekommen Sie bald Besuch von der Staatsanwaltschaft und es geht dann nicht um Steuerhinterziehung, sondern um Mord. Sie haben die Wahl.

Mit vorzüglicher Hochachtung

Vincent Roelvert

P.S. Gehen Sie am Kirmesmontagvormittag auf den Marktplatz. Werfen Sie ein paar Runden, wie Sie es immer tun. Ich werde dort sein, um Ihnen meine nächste Nachricht zu übergeben."

Das saß! Dieser Brief traf Rembert ins Mark. Es war wahrscheinlich der längste private Brief, den er je bekommen hatte. Alles, was in diesem Brief stand, stimmte. Die Sache mit Laura war ihm neu und machte ihn stolz. Aber war das die Wahrheit? Oder nutzte Vincent Roelvert seine im Verborgenen ruhenden Vatergefühle nur aus? Wie konnte er das überprüfen?

Die Eingangstür fiel ins Schloss. Daniela war zurück. Rembert Mahldorf war so in Gedanken gewesen, dass er ihre Ankunft gar nicht bemerkt hatte.

„Daniela?"

„Ja. Was gibt's?"

„Sie kennen sich doch am Computer und mit Arbeiten im Internet gut aus."

„Ja, einigermaßen. Was wollen Sie denn wissen?"

Sie hatte das Arbeitszimmer betreten.

„Ist es möglich, zu erfahren, ob jemand an einer Hochschule sein Examen bestanden hat?"

„Wahrscheinlich fällt das unter den Datenschutz. Es sei denn, es handelt sich um ein besonders gutes Examen, mit besonderer Auszeichnung zum Beispiel. Dann könnte man so etwas eventuell finden."

„Ich habe soeben von jemandem den Hinweis erhalten, dass meine Tochter Laura in den USA ein herausragendes Examen gemacht hat. Mit Auszeichnung."

„Wo? An welcher Uni oder Institut?"

„Am MIT."

„Am MIT? Und dort ein Examen mit Auszeichnung? Das ist ein Hammer. Ein Türöffner fürs Leben. Wissen Sie, dass unser ehemaliger Bundeskanzler Helmut Schmidt dort studiert hat, zusammen mit Valéry Giscard d'Estaing?"

Rembert wusste es nicht. Schmidt gehörte nicht zu seiner Partei. Und er musste zugeben: „Ehrlich gesagt, weiß ich nicht einmal, was das MIT ist."

„Das MIT ist das Massachusetts Institute of Technology. Eine absolute Eliteuniversität mit verschiedenen Instituten. Was hat denn Ihre Tochter dort studiert?"

„Ich weiß es nicht."

Daniela sah ihn mit einem etwas mitleidigen Blick an.

„Aber Sie wüssten es gerne. Ich sehe mal nach."

Daniela googelte ein bisschen und ihre Augen wurden immer größer.

„Rembert Mahldorf, Sie wissen gar nicht, was Sie da für ein Kaliber von Tochter haben. Jahrgangsbeste. Hier, ein Bild."

Sie drehte den Bildschirm und Rembert schmolz dahin. Seine Tochter, bildschön, bestes Examen. Vincent Roelvert hatte nicht übertrieben. Was tun?

„Danke, Daniela, das habe ich nicht gewusst."

„Kein Problem. Sie sollten versuchen, Kontakt zu ihr herzustellen. Vielleicht lässt doch noch etwas kitten."

Damit stand sie auf und ging in ihr Zimmer, um den Rest der Kleidung in ihrem Trolley zu verstauen, inklusive zehntausend Euro, die sie dem Aktenkoffer entnommen hatte. Fürs Shoppen.

Kapitel 19

Dienstagnachmittag, 16.8.2016, Greven

Rembert Mahldorf war froh, als Daniela gegen 13.00 Uhr das Haus verließ. Er hatte ihr ein Taxi spendiert, das sie zum Bahnhof brachte. Und er war froh, dass er jetzt endlich Zeit fand, die Situation neu zu überdenken. Denn diese hatte sich geändert. Es ging nicht mehr nur um ihn, es ging vor allem um Laura. Aber was konnte er tun? Wie sollte er Kontakt zu ihr aufnehmen? Er kannte nicht einmal die Adresse ihrer Mutter. Vielleicht hätte er über diese eine Telefonnummer bekommen. Vielleicht mit dem Hinweis auf das von ihm noch zu erstellende Testament mit Laura als Haupterbin. Wie aber war Vincent Roelvert auf die Geschichte mit Lauras Examen gekommen? Man stößt im Internet nicht zufällig auf das Prädikatsexamen einer Laura Mahldorf.

Er setzte sich an seinen Computer und gab ein: Laura Mahldorf. Es gab mehr Laura Mahldorfs, als er gedacht hatte, aber nicht seine Laura Mahldorf. Sie war dort nicht zu finden. Also versuchte er es mit „Laura Mahldorf, USA". Nichts. „Laura Mahldorf, MIT". Voller Erfolg, allerdings auf Englisch. Vincent Roelvert konnte diesen Weg nicht gekannt haben. Oder? Doch wie kommt man als völlig Fremder an diese Information? Als Vincent Roelvert verhaftet wurde, war Laura ein kleines Mädchen gewesen. Rembert war sich sicher, dass Vincent sie nie gesehen hatte, wahrscheinlich nicht einmal von ihrer Existenz gewusst hatte. Aber gab es hier vor Ort jemanden, der ihn unterstützte? Wohl kaum! Oder doch? Vincent Roelvert war für Greven mittlerweile ein Unbekannter. Da war Rembert Mahldorf sich absolut sicher. Lediglich die Beteiligten von damals kannten den Namen noch. Trotzdem galt: Vincent Roelvert war besser vorbereitet, als Rembert Mahldorf es sich überhaupt vorstellen konnte.

„Er weiß alles über mich, über meine Familie. Er hat mich in der Hand, so wie ich ihn in der Hand hatte. Nur, wenn Vincent Roelvert alles weiß, dann weiß er auch mehr über Laura, vielleicht ihren

Wohnort, ihre Adresse. Ich bin auf ihn angewiesen. Nur über Vincent Roelvert kann ich Kontakt zu Laura bekommen. Eine verflixte Situation."

Mittwochnachmittag, 17.8.2016, Greven und Münster

Der Termin beim Notar stand an. Rembert kannte ihn seit über dreißig Jahren. All seine geschäftlichen Maßnahmen, ebenso seine privaten, das heißt Eheverträge und Scheidungen, waren über dessen Tisch gelaufen.

„Hast du schon eine Idee, wie dein Testament aussehen soll, wer in welchem Maße bedacht werden soll?"

„Eine sehr ungenaue. Du weißt ja, dass meine drei Frauen mit der Scheidung abgefunden wurden. Trotzdem möchte ich, dass meine erste und dritte Frau noch etwas erhalten. Vielleicht in Form von Geld oder Aktien. Über die Summen müssen wir reden, da brauche ich deinen Rat. Dann sind da noch meine Kinder Rom und Laura. Rom, soll alles bekommen, was mit der Baufirma zu tun hat, vielleicht noch ein paar Wohnungen. Laura soll Haupterbin werden. Allerdings weiß ich zurzeit nicht einmal, wo sie wohnt. Dann ist da noch meine Hauswirtschafterin Daniela. Sie soll ebenfalls bedacht werden. In welcher Form weiß ich auch noch nicht. Was hältst du davon?"

„Gute Idee, aber rechtlich nicht machbar. In den USA geht das. Dort kann man vererben, an wen man will. Du lebst jedoch in Deutschland, im Land der Vorschriften. Hier darfst du nicht einmal deinen Müll in die Tonne werfen, in die du willst. Hier gibt es ein Erbrecht und das bestimmt, wem du was zu vererben hast.

Deine beiden Frauen und diese Daniela kannst du in deinem Testament bedenken. Das steht dir frei. Allerdings auch nur in einem bestimmten Rahmen.

Du hast eigentlich nur zwei Erben, deinen Sohn und deine Tochter. Deren Anteil darf nicht zu ungleich sein, es sei denn, einer oder eine hat versucht, dich umzubringen, dann scheidet sie aus dem Kreis der Erben aus. Wenn du meinen Rat hören willst, veranstalte eine Gesprächsrunde mit allen potentiellen Erben, dann hast du anschließend weniger Probleme und deine Erben treffen sich nicht dauernd vor Gericht, um ihre Anteile einzuklagen. Es spielt im Übrigen überhaupt keine Rolle, ob du Laura mehr magst als Rom."

„Dann mach mir bitte eine Art Vorentwurf, damit ich sehen kann, was möglich ist und was nicht.

Ich habe noch eine Frage, die mit diesem Komplex nichts zu tun hat: ‚Was fällt dir bei folgenden Wörtern ein? Afghanistan, Mali, Tschad, Guayana, Horn von Afrika.' Was verbindet sie?"

„Überall herrscht Krieg. Nur Guayana passt nicht dazu. Das liegt in Südamerika und ist Startplatz der europäischen Weltraumraketen. Kourou heißt, glaub ich, der Ort."

Rembert Mahldorf war nicht sehr viel weiter gekommen. Immerhin war er zu einem stolzen Vater mutiert, der jedoch nicht wusste, wie er mit dem Objekt seines Stolzes in Kontakt treten konnte. Widerwillig musste er eingestehen, dass Vincent Roelvert ihn völlig in der Hand hatte. Würde er nicht zahlen, würde er in der Tat die Karriere seiner Tochter zerstören und er selbst käme hinter Gitter.

Gegen 17.00 Uhr kehrte Beauchamps zu Familie Bartenscheid zurück. Der Kaffeeduft war so verlockend, dass er die Einladung von Gertrud Bartenscheid nicht ablehnen konnte, zumal sich in diesen Duft ein anderer mischte: warmes dänisches Zimtgebäck.

„Hat Sophie nach einem Rezept von Greta gebacken", verkündete die Hausherrin.

„Da kann ich nicht widerstehen", gab Beauchamps klein bei.

„Das ist ja auch der Zweck der Übung", mischte sich jetzt Sophie ein. „Ich stelle mich nicht zwei Stunden in die Küche, damit Sie sich auf Ihr Zimmer zurückziehen."

„Apartment", korrigierte Beauchamps.

„Ob Zimmer oder Apartment, das ändert nichts an der Belegung dieser Räumlichkeit durch nur eine Person. Und eine Person ist langweilig."

„Sie können mich ja besuchen", meinte Beauchamps, „damit verdoppelt sich die Belegung."

„Mach' ich", meinte Sophie und Beauchamps schluckte. Er befürchtete, dass jetzt die Situation im Entstehen begriffen war, die er immer vermeiden wollte. Aber die Bemerkung war ihm nun einmal entschlüpft.

„Ich habe auch eine Info für Sie: Morgen, 17.00 Uhr haben Sie einen Termin bei Rick Odenthal, dem Mann von Greta."

„Der eigentlich ihr Freund ist."

„Genau."

„Ich werde den Termin nicht vergessen."

„Sie werden auch Greta nicht vergessen."

Als Ernst Gödden und Werner Scherzberger am Abend noch einmal in ihre Briefkästen sahen, fanden sie Post vor: In einer textgleichen Mitteilung wurden sie aufgefordert, sich innerhalb von zehn Tagen mit dem geforderten Geld zu versorgen. Die Übergabeformalitäten würden ihnen rechtzeitig mitgeteilt werden.

Sie trafen sich eine Stunde später in Münsters Innenstadt in einer Kneipe, in der sie bestimmt nicht bekannt waren: eine Studentenkneipe mit viel Publikumsverkehr und entsprechender Lautstärke.

„Schaffst du das in zehn Tagen?", fragte Gödden.

„Das wird kein allzu großes Problem werden", antwortete Scherzberger. „Unser einziges Problem heißt Rembert Mahldorf. Zahlt er, ist die Sache hoffentlich vergessen. Zahlt er nicht, ist die Sache mehr als ungewiss. Fliegt er auf, fliegen wir auf. Und das müssen wir verhindern."

„Und wie?"

„Ich weiß es nicht oder noch nicht. Vielleicht sollten wir noch einmal Kontakt zu ihm aufnehmen."

„So geht es hin, das schöne Geld."

„Ich würde ein anderes Wort mit S-C-H bevorzugen: das schmutzige Geld."

Kapitel 20

Donnerstag 18.8.2016, Münster

Um 16.30 Uhr verließen Sophie und Beauchamps das Haus in der Turmstraße.

„Es ist für Sie einfacher, wenn ich Sie bis zum Büro von Rick Odenthal begleite. Für Münsteraner zwar leicht zu finden, Sie müssten wahrscheinlich fünfmal fragen. Bus oder zu Fuß?"

„Wie weit ist es?"

„Zwanzig Minuten zu Fuß, zehn Minuten mit dem Bus."

„Dann gehen wir zu Fuß", erwiderte Beauchamps und war überrascht, als Sophie sich bei ihm einhakte, ziemlich eng sogar.

Vor dem Haushaltswarengeschäft angekommen, sagte sie: „Ich gehe nicht weiter mit. Schließlich handelt es bei dem Gespräch um Familiengeheimnisse und ich muss ja nicht alles wissen. Gehen Sie ins Geschäft! Dort gibt es einen Aufzug, lassen Sie sich in den dritten Stock befördern. Dort befindet sich das Büro. Man sieht sich."

Beauchamps wurde hellhörig. Wie sollte er den letzten Satz verstehen? Ihm war klar, dass Sophie ihm wegen des verhinderten Überfalls dankbar war, aber war hier mehr im Spiel? Auf jeden Fall gab Sophie ihm ein deutliches Zeichen.

Kurz vor 17.00 Uhr stürmte Greta Carlsson das Büro ihres „Mannes" Rick Odenthal.

„Rick, so geht das nicht weiter."

„Was geht so nicht weiter?"

„Unsere Beziehung. Sie ist degeneriert zu einer ganz gewöhnlichen Beziehung. Oder, wenn du willst, zu einer Beziehung, die du mit dem französischen Wort ‚ordinaire' umschreiben könntest. Und das französische ‚ordinaire' heißt zwar gewöhnlich, klingt aber wie das deutsche Wort ‚ordinär'. Und das ist etwas anderes. So geht das nicht weiter!"

„Wie stellst du dir denn unsere Beziehung vor?"

„Sie sollte ungewöhnlich, außergewöhnlich sein. Nimm das französische Wort ‚extraordinaire', das heißt jenseits der Normalität. Also anders als andere Beziehungen. Wir sind anders. Zwischen uns hat es zu Beginn nicht gefunkt, das war ein Blitzeinschlag, mehrere hunderttausend Volt stark. Wenn wir so weitermachen wie jetzt, dann bist du in fünf Jahren Vorsitzender eines Kleingartenvereins und ich leite die vereinsinterne Stillgruppe. Willst du das?"

„Das mit dem Kleingartenverein kannst du vergessen, aber gegen das Stillen habe ich nichts."

Greta holte hörbar Luft: „Das Prickeln fehlt. Deine Reaktionen sind zurzeit vorhersehbar. Vorhersehbar heißt langweilig. Bin ich für dich langweilig?"

„Nein, atemberaubend. Was erwartest du von mir?"

„Was ich von dir erwarte? Das bist wieder typisch du. Wie kann ich überrascht sein, wenn du mich fragst, was ich von dir erwarte? Beweise mir, dass ich für dich atemberaubend bin."

„Also heute Nacht im Hafen schwimmen, im Hafenbecken, vor einigen hundert Augen und das ganze splitterfasernackt?"

„Das könnte aufregend werden, vor allem für die Zuschauer, und wenn die Polizei erscheint: Erregen öffentlichen Ärgernisses!"

„Hör mal! Ich sehe dich tagtäglich splitterfasernackt, in voller Pracht sozusagen. Sollen wir das jetzt in die Öffentlichkeit tragen?"

Es klopfte an der Tür.

„Herein!", sagte Greta, etwas zu laut, fast im Befehlston.

Ein Mann betrat den Raum.

„Guten Tag. Mein Name ist Jean-Luc Beauchamps. Eigentlich habe ich einen Termin für 17.00 Uhr bei Herrn Odenthal. Komme ich ungelegen?"

„Überhaupt nicht. Mein Name ist Greta Carlsson. Dort sitzt mein Mann Rick Odenthal. Wahrscheinlich hat Sophie Ihnen erzählt, dass ich und Rick, pardon, Rick und ich nicht verheiratet sind. Unsere Beziehung ist aber gefühlsmäßig eine Ehe. Die Formalitäten holen wir demnächst nach."

„Demnächst?", fragte Rick, stand auf und begrüßte Beauchamps. „Kann ich aus deinem vor Zeugen ausgesprochenem Satz deine Bereitschaft ableiten, dass du demnächst meinen Antrag annimmst?"

„Das tue ich doch sowieso. Du entkommst mir nicht mehr."

„Das will ich ja auch gar nicht. Ich spare dann schon mal für Ring, Rosen und Schampus."

„Schampus? Reicht Sekt nicht auch?"

„Du bist mir mehr wert."

„Haben Sie das gehört Herr Beauchamps?"

„Sophie hat gesagt, ich würde Sie nie vergessen. Ich glaube, Sie hat Recht."

„Wie kommen Sie denn mit Sophie zurecht?"

„Ich? Wieso?"

„Gehören Sie wie Rick auch zu dieser Art von Männern, die gar nicht merken, dass da was läuft?"

Jetzt war Beauchamps sprachlos. Dann sagte er ganz ruhig und unaufgeregt: „Bevor ich mir über so etwas Gedanken mache, muss ich erst eine Angelegenheit geregelt haben, die ich gerne mit Ihrem Mann besprechen würde. Die Sache könnte unter Umständen für mich tödlich enden."

Jetzt zuckte Greta etwas zusammen: „Soll ich lieber gehen?"

„Das ist mir egal. Ich hoffe doch, dass alles, was hier besprochen wird, nicht nach draußen dringt."

„Das können wir Ihnen versichern", griff Rick jetzt ein. „Es herrschen hier die gleichen Regeln, wie im Beichtstuhl eines katholischen Priesters. Was hier gesagt wird, ist Beichtgeheimnis. Auf Greta können Sie sich verlassen."

„Gut. Dann komme ich einmal zu meinem Problem. Ich suche Informationen zu einem Vincent Roelvert aus Greven. Allerdings wohnt er seit zweiundzwanzig Jahren nicht mehr dort."

„Also Vincent Roelvert? Wie schreibt er sich?"

„R-O-E-L-V-E-R-T."

„Also mit westfälischem Dehnungs-E wie in Saerbeck oder Coesfeld."

„Richtig. Mein Problem ist, dass niemand etwas über diese Nachforschungen erfahren darf. Wenn Sie jemanden fragen, müssen Sie sicher sein, dass derjenige ebenso schweigt, wie ein katholischer Priester. Es muss jemand sein, der Mitte der Neunziger Jahre schon erwachsen war."

„Wenn es schnell gehen soll, rufe ich meine Mutter an, denn ich selbst bin für diese Information zu jung."

„Machen Sie es!"

Rick wählte eine Grevener Nummer und stellte das Telefon auf die Mithörfunktion.

„Hallo Elsa, ich habe ein Problem. Vielleicht kannst du mir helfen."

Bei dem Namen „Elsa" hatte Beauchamps unwillkürlich gezuckt, was Rick aber nicht bemerkt hatte.

„Elsa, bist du solo?"

„Nein, ich habe einen Freund. Aber das weißt du doch."

„Ich meine, bist du allein im Haus?"

„Ja. Drück dich nächstens klarer aus!"

„Ich möchte, dass das folgende Gespräch unter uns bleibt. Niemand, hörst du, niemand darf erfahren, dass wir über eine bestimmte Person gesprochen haben, falls du diese Person überhaupt gekannt hast. Versprochen?"

„Versprochen."

„Sagt dir der Name Vincent Roelvert etwas?"

Ruhe. Keine Antwort. Dann ein leises Schluchzen.

„Elsa? Was ist?"

„Warum fragst du gerade nach Vincent?"

„Ich habe einen Klienten, der wissen möchte, was aus ihm geworden ist. Aber warum weinst du? Ich habe dich zweimal in meinem Leben weinen gesehen, bei der Beerdigung deiner beiden Männer. Das ist nur zu gut verständlich. Aber warum weinst du jetzt? Wer ist Vincent Roelvert und was hast oder hattest du mit ihm zu tun?"

„Eigentlich nichts. Doch uneigentlich eine ganze Menge. Auf der Grevener Kirmes 1994 wurde eine junge Frau schwer misshandelt und vergewaltigt. Diesem Vincent Roelvert hat man dieses Verbrechen in die Schuhe geschoben. Ich bin mir aber sicher, dass er es nicht gewesen ist. Dafür war er viel zu nett. Warum er dann ins Gefängnis musste, habe ich nie verstanden. Der eigentliche Schuldige läuft wohl noch frei in Greven rum. Ebenso die Leute, die dafür verantwortlich waren und sind, dass Vincent ins Gefängnis kam. Ich war bei der Urteilsverkündung zugegen und habe Vincents Augen gesehen. Er ist unschuldig. Da bin ich mir sicher.

Das ist jetzt zweiundzwanzig Jahre her und ich war damals schockiert und ich bin es heute noch, wenn ich an ihn denke. Falls er noch lebt und du ihn siehst, grüße ihn von mir."

„Mehr kannst du mir nicht sagen?"

„Rick, zwischen uns gab es nie ein Geheimnis. Aber mehr möchte ich nicht sagen."

„Danke. Und denke daran, kein Wort zu einem anderen."

Rick legte auf.

„Geht es um diesen Mann?"

„Ja."

Jetzt mischte sich Greta ein: „Sie haben bei der Erwähnung des Namens ‚Elsa' gezuckt. Es gibt nicht viele Elsas in Greven. Genau genommen wohl nur eine: Ricks Tante und Mutter."

Eine kurze Pause, dann fuhr Greta fort: „Sie sind auch jetzt nicht überrascht gewesen bei dem Ausdruck ‚Tante und Mutter'. Sie wissen mehr!"

„Sie sind gut, junge Frau, sehr gut sogar. Aber wenn ich jetzt zu viel rede, kommt es vielleicht nie zum Heiratsantrag Ihres Freundes. Auch eine schöne Tote ist eine Tote und ich möchte Sie lieber so, wie Sie jetzt sind, in Erinnerung behalten."

„Ist es so gefährlich?"

„Lassen Sie mich mit einer Gegenfrage antworten: ‚Sind Sie bestechlich?'"

„Ja. Für gute Schokolade tue ich fast alles."

„Und was tun Sie für fünf Millionen?"

„Wie?"

„Das sind nach meinen Nachforschungen die Summen, um die es im Prozess damals ging. Immer noch unbestechlich? Es ging um die Frage: ‚Was kostet ein Mensch?' und ‚Was ist ein Mensch wert?' Ich will meine Frage etwas abändern: ‚Wie viele Menschen sind für fünf Millionen bestechlich oder käuflich?'"

Greta schluckte, ebenso Rick.

„Lassen wir es dabei. Ich bin zunächst sehr zufrieden mit der Auskunft. Ich weiß nun, dass es in Greven noch Leute gibt, die sich an Vincent erinnern und vor allem, die ihn für unschuldig halten. Und bevor Sie jetzt vielleicht falsche Schlussfolgerungen ziehen: Hier ist mein Ausweis! Es gibt nichts Echteres als diesen Ausweis. Ich heiße Jean-Luc Beauchamps, geboren in Marseille und französischer Staatsbürger."

„Ohne jeglichen Akzent, wenn Sie Deutsch sprechen", meinte Greta.

„Und mit ziemlichem südfranzösischen Akzent, wenn ich Französisch spreche, oder auch ohne Akzent, ganz wie Sie wollen", ergänzte Beauchamps.

„Monsieur Beauchamps, Sophie hat Recht, wenn sie sagt, dass ein Geheimnis Sie umgibt. Und glauben Sie nicht, dass Sophie das nur aus Neugierde sagt. Sie ist etwas besorgt."

„Ich kann mich gut verteidigen."

„Ich weiß. Sophie sagt, Sie würden sich bewegen wie ein sibirischer Tiger, wenn er auf die Jagd geht. Man hört Sie nicht, Sie sind plötzlich da."

„Greta, übertreibst du nicht ein wenig?", mischte sich jetzt Rick ein. „Du kennst Herrn Beauchamps doch gar nicht."

„Das glaubst du. Denk an den Beginn unserer Beziehung. Ich wusste schon vieles über dich, ohne dich zu kennen. Das sind irgendwelche Schwingungen zwischen Mann und Frau, die mehr verraten, als ihr Männer euch vorstellen könnt. Ihr bemerkt sie nämlich gar nicht."

„Greta, du studierst Medizin, nicht Psychologie, wobei man sagen muss, dass man das, was du da erzählst, eher als Parapsychologie zu bezeichnen ist."

„Hör auf, kluger Mann! Du wirst es noch erleben. Unsere Beziehung hat soeben an Tempo aufgenommen. Ich spüre wieder Leben in meinem Körper."

„Greta, lass diese Ausdrücke. Ich glaube dann immer, du seist schwanger."

Ein mitleidiger Blick von Greta für Rick, dann wandte sie sich wieder Beauchamps zu.

„M. Beauchamps, ich habe da noch eine Frage. Niemand verbringt zweiundzwanzig Jahre im Gefängnis. Was hat Vincent Roelvert nach seiner Entlassung gemacht? Wissen Sie es?"

„Bei unserem nächsten Treffen erfahren Sie vielleicht mehr. Für heute muss es genug sein."

„Genug? Hat Sophie Ihnen nicht gesagt, dass wir uns gleich zum Essen treffen? Sehr gutes Restaurant."

Rick und Beauchamps schauten sich überrascht an. Dann dämmerte es Beauchamps: „Man sieht sich", hatte Sophie gesagt. Er hatte es als Floskel angesehen, es war aber wörtlich gemeint.

„Wenn ich jetzt nicht mitkomme, könnte man sagen, ich würde kneifen. Also muss ich in den ..."

„Jetzt sagen Sie bloß nicht ,in den sauren Apfel beißen'. Sophie ist verdammt hübsch und sehr nett. Nicht wahr, Rick?"

„Wenn ich jetzt Ja sage, fühlst du dich eventuell zurückgesetzt, bei Nein würde ich dir widersprechen. Warum stellst du mir dauernd Fragen, die ich nicht beantworten kann?"

„Sehen Sie, M. Beauchamps, Rick ist schon fast der perfekte Ehemann. Er bemerkt alle Fallen der weiblichen Logik. Auf geht's! Was wissen Sie eigentlich über Sophie?"

„Sie studiert Medizin."

„Falsch. Sie ist ein paar Jahre älter als ich, sechsundzwanzig um genau zu sein. Sie schreibt gerade an ihrer Doktorarbeit. Im Prinzip ist sie fertig, es geht um die letzten Korrekturen."

„Ah."

„Ja ‚ah!'. Sie ist toll. Nehmen Sie sie ernst."

„Also ich hatte mit Sophie eigentlich gar nichts vor. Ich bin ja nicht hier, um die Frau meines Lebens kennen zu lernen, sondern um einen sehr komplizierten Fall aufzuklären."

„Jetzt haben Sie wahrscheinlich die Frau Ihres Lebens kennen gelernt. Das ändert die Situation."

Beauchamps kratzte sich am Hinterkopf und sagte schließlich: „Ich glaube, ich habe Hunger."

Unterwegs fragte Beauchamps Rick: „Wie alt ist eigentlich Ihre Mutter oder Tante?"

„Mitte Vierzig."

„Dann ist sie es. Doch wenn eine sich an Vincent erinnert, dann bestimmt auch noch andere. Nur, zweiundzwanzig Jahre stellen einen langen Zeitraum dar. Da kann man vieles vergessen oder anders sehen."

„Aber die Reaktion von Elsa war eindeutig. Sie kannte ihn. Mir hat sie nie etwas von dieser Geschichte erzählt. Seltsam, denn sonst weiß ich über alles Bescheid, was in Greven passiert ist."

Nach zwanzig Minuten Fußweg steuerte Greta zielsicher auf ein kleines Restaurant zu.

„Hier wartet Sophie auf uns. Sie hat einen Tisch reserviert."

„Sag mal, Greta! Ich bin ja einiges von dir gewohnt. Aber man kann doch nicht einfach über zwei erwachsene Männer verfügen", versuchte Rick die Situation etwas zu entschärfen.

„Doch. Das geht. Du siehst es ja."

Jede weitere Bemerkung wäre sinnlos gewesen, also hielten Rick und Beauchamps den Mund. Sie betraten das Restaurant und sahen Sophie alleine an einem Tisch sitzen.

Sie sah Beauchamps an und fragte: „Böse, dass ich das so arrangiert habe?"

„Ich kann mir Schlimmeres vorstellen."

Sie setzten sich und Beauchamps kam noch einmal auf das Gespräch von vorhin zurück. An Rick gewandt, fragte er: „Kennen Sie eigentlich die Frau, der man damals so übel mitgespielt hat?"

„Nein. Wie gesagt, ich weiß nichts von der Geschichte. Es kommt mir fast so vor, als hätte Elsa ganz bewusst nie mit mir darüber geredet. Kennen Sie die Frau?"

„Brigitte Lagonda."

„Biggi?"

„Genau."

„Wenn ich jetzt sagen würde, ich kenne sie gut, hätte das einen Ellenbogenstoß von Greta zur Folge. Aber es gab mal Zeiten – also vor meiner Zeit –, da war Biggi bekannt wie ein bunter Hund. Genauer gesagt unter den Männern von Greven und Umgebung. Jetzt hat sich das geändert. Sie ist ruhiger geworden. Aber trotz ihres Alters, sie muss in etwa so alt sein wie Elsa, sieht sie immer noch verdammt gut aus. Es gibt eben Frauen, die altern nicht oder kaum."

Rick unterbrach seine Erzählung, ein Ellenbogenstoß hatte ihn getroffen.

„Greta, du hast vollkommen Recht. Du siehst immer noch aus wie zwanzig, obwohl du schon zweiundzwanzig bist."

„Bursche, übertreib es nicht. Aber ich weiß, was du meinst. Sie, diese Biggi, ist immer noch sehr interessant für Männer jeden Alters."

Sophie hatte sich bis jetzt die Geschichte nur angehört, sagte dann aber: „Es gibt also ältere Frauen, die jung aussehen. Hier sitzen zwei junge Frauen, die jung aussehen. Sind die nicht von Interesse?"

„Für mich gibt es zwei Leben", antwortete Beauchamps. „Ich hoffe, dass das eine Leben hier bald endet und dass das neue Leben hier beginnt. In diesem neuen Leben könnte durchaus eine junge Frau eine wesentliche Rolle spielen."

„So, Jean-Luc, jetzt pass mal gut auf! Ich heiße Sophie Bartenscheid, bin sechsundzwanzig Jahre alt und arbeite ab dem 1.10.2016 als Assistenzärztin in der Chirurgie am UKM, das heißt Universitätsklinikum Münster. Ich bin kein dummes Mädchen mehr – das war ich eigentlich nie. Ich bin dir sehr dankbar, dass du meine Gesundheit gerettet hast. Dann kümmere dich jetzt mal um mein seelisches Wohl. Denn damit ist es zurzeit nicht gut bestellt."

Damit rückte sie so nah an Beauchamps heran, dass er gezwungen war, seinen Arm um ihre Schulter zu legen.

„Ist es so besser?", fragte er.

„Für den Anfang geht es – soeben. Ich fühlte mich bis jetzt an deiner Seite wie abgestellt, die kleine Schwester, auf die man aufpassen muss. Vielleicht können wir diesen Schwester-Status ändern."

„Von kleiner Schwester zu großer Schwester?", fragte er lachend.

„Nein. Von der kleinen Schwester zur großen Liebe."

Jetzt musste Beauchamps schlucken.

„Ich war hierhergekommen, um die Schuld an einem Mord aufzuklären, was gelungen ist, und vor allem die Hintermänner eines gekauften Prozesses zu bestrafen. Danach wollte ich nach Südfrankreich zurückkehren, in die Gegend von Aubagne, um eine Lavendelfarm zu übernehmen. Jetzt ändert sich dieser Plan gewaltig."

„Wieso? Ich habe nichts gegen eine Lavendelfarm."

„Sophie, du stellst dir das zu einfach vor. Eine Lavendelfarm heißt nicht, elf Monate im Jahr im Liegestuhl liegen, dann den Lavendel ernten, verarbeiten und die Essenz an die großen Parfümhersteller zu verkaufen."

„Gibt es noch ein paar Olivenbäume?"

„Ja. Fünfhundert."

„Ich kann mir durchaus vorstellen, dass das Arbeit bedeutet. Aber warum reden wir darüber? Wir leben doch jetzt und hier und was danach kommt, sollte uns interessieren, wenn es soweit ist."

„Dann sollten wir über die Zukunft vielleicht später reden. Aus zwei Gründen: Erstens möchte ich gerne lebend aus dieser Geschichte rauskommen. Und zweitens sind meine Erfahrungen mit Frauen – berufsbedingt – eher gering."

„An die Aufarbeitung des zweiten Problems könnten wir uns doch gemeinsam machen. Ich meine jetzt du und ich."

„Gut."

„Das ist jetzt aber wenig", mischte sich Greta ein. „Es könnte auch etwas mehr sein."

„Wie denn? Heiratsantrag und Liebeserklärung?", fragte Jean-Luc.

„Zuerst das Zweite. Das Erste kommt später", antwortete Greta. „Ich spreche aus Erfahrung."

Beauchamps atmete tief durch: „Erstens kommt es anders und zweitens als man denkt. Dass Frauen Einfluss auf Männer haben, ist mir natürlich bekannt – aus der Theorie – und Greta hat mir das in der Praxis gezeigt. Ich meine ihren Einfluss auf Rick. Und wenn ich mir Rick ansehe, tut das nicht einmal weh."

„Die Kunst besteht darin, dass Männer diesen Einfluss nicht oder kaum bemerken. Sie glauben, sie würden alles selbst entscheiden", erklärte Greta.

„Greta, ich glaube, du erschrickst Jean-Luc soeben", entgegnete Rick. „Er ist gerade dabei, sich zu verlieben und dann kommst du mit deiner Holzhammermethode. Deine Infos reichen, um sogar mich abzuschrecken. Und ich bin abgehärtet."

„Hier ist die Speisekarte, Rick. Reg' dich ab!", sagte Greta.

„Da wir uns ja plötzlich alle duzen und wir dabei sind, uns näher kennen zu lernen", meinte Beauchamps, „sollten wir das Essen mit einem Pastis beginnen. Sonst ist der Magen eventuell nicht auf das, was kommt, vorbereitet. Wie sich die Beziehung zwischen Sophie und mir entwickelt, werden Sophie und ich als erwachsene Menschen ohne Mit- und Nachhilfe ganz alleine regeln."

„Und wie wir das machen!", ergänzte Sophie.

„Dann zum eigentlichen Problem. Ich bin jetzt bereit, über Vincent Roelvert zu reden und alles preiszugeben, was ich weiß. Aber nicht hier, das ist nicht möglich. Nur wir Vier plus Elsa. Sie muss dabei sein. Und es muss sehr bald sein. Morgen schon."

„Dann kocht Greta. Das kann sie auf höchstem Niveau", sagte Rick.

„Das geht nicht. Wenn ich mit meinem Bericht fertig bin, hat keiner von Euch mehr Appetit. Alkohol wäre besser und zwar reichlich. Und Elsa muss dabei sein."

„Dann morgen, 18.00 Uhr bei uns", bestimmte Greta.

Kapitel 21

Freitag, 19.8.2016, Münster

Vincents Geschichte: 1. Teil

Gegen 18.00 Uhr kamen Sophie und Jean-Luc an der Prins-Claus-Straße im Norden Münsters an. Sophie kannte sich hier aus. Es war nicht das erste Mal, dass sie Rick und Greta besuchte. Deshalb fand sie sofort das Klingelschild „Carlsson/Odenthal" und drückte auf den entsprechenden Knopf.

„Ganz schön feudal, die Gegend hier", meinte Lean-Luc, nachdem er das Haus gemustert hatte. „Verdient Rick so gut?"

„Rick verdient gut. Aber die Wohnung oben im Haus gehört eigentlich seinen Großeltern."

„Er scheint ein Glückspilz zu sein."

„Er ist ein Glückspilz, weil er Greta hat."

„Bin ich jetzt ein Glückspilz, weil ich dich habe?"

„Das weiß ich beim besten Willen nicht. Als ich letzte Nacht die Narben an deinem Körper gesehen habe, habe ich – ehrlich gesagt – Angst bekommen."

„Vor mir?"

„Nein, natürlich nicht vor dir. Aber vor der Geschichte, die du gleich erzählen wirst."

Der Türöffner summte und die beiden gingen in das oberste Stockwerk. Er ging sofort in Richtung Treppe, nicht zum Aufzug.

„Warum nicht den Aufzug?", fragte Sophie.

„Auch das hängt mit meiner Geschichte zusammen. Ich sehe gerne, wer vor und hinter mir ist. Ein Aufzug ist etwas für Notfälle und ältere Menschen."

„Und bei zwanzig Stockwerken?"

„Da handelt es sich um ein größeres Gebäude. Dort befinden sich immer mehrere Menschen im Aufzug."

„Muss ich das jetzt verstehen?"

„Du wirst es gleich verstehen. Aber wenn es dir zu anstrengend ist, ich kann dich ja hochtragen."

„Oh, ja! Natürlich nein. Das ist doch Quatsch. Die paar Stufen schaffe ich wohl."

Eine Tür mit dem Schild Carlsson/Odenthal öffnete sich. Greta bat die beiden in die Wohnung.

„Elsa ist schon angekommen. Schon vor einer halben Stunde. Sie ist nervös. Wegen Vincent."

Sie betraten das Wohnzimmer, wo Rick und Elsa mit einem Getränk saßen. Elsa musterte Jean-Luc, stellte ihr Glas ab und stand auf. Ihre Hände fingen sichtlich an zu zittern. Sie ging auf Jean-Luc zu, bis sie dicht vor ihm stand. Dann nahm sie sein Gesicht in ihre Hände und zog es zu sich herunter. Sie schaute ihm in die Augen, als könne sie nicht genug bekommen von diesem Anblick.

Dann sagte sie ganz sanft: „Du bist Vincent, nicht wahr?"

„Auf jeden Fall war ich einmal Vincent. Ob ich es jemals wieder sein kann, weiß ich nicht."

Dann ging ein Zittern durch Elsas Körper, sie fing an zu schluchzen und klammerte sich an Vincent.

„Vincent, du bist zurück?"

Beauchamps zog ein Taschentuch aus seiner Brusttasche und reichte es Elsa.

„Beruhige dich, Elsa! Ja, ich bin zurück."

Elsa fing an zu lachen, ein fast hysterisches Lachen.

„Du bist doch Vincent, oder?"

„Ja, Elsa, ich bin Vincent und ich bin zurück. Es geht mir gut."

„Du bist so ruhig, Vincent. Wie geht das nach all dem, was passiert ist?"

„Die Zeit frisst die Wut. Wer wütend ist, kann nicht klar denken. Ich kann sehr klar denken. Ich werde gleich meine Geschichte erzählen. Und ich wollte, dass auch du kommst. Denn zweimal kann ich sie nicht erzählen. Das wäre zu viel verlangt.

Kannst du aber zu Beginn die junge Dame neben mir beruhigen. Sie ist nämlich kurz davor zu explodieren. Ich möchte nicht, dass das, was zwischen Sophie und mir gerade entsteht, durch ein Missverständnis beendet wird."

Elsa blickte überrascht auf. Es war, als kehrte sie jetzt in die Realität zurück: „Ihr beiden? Das ist schön. Aber zwischen Vincent und mir war nichts oder fast nichts. Auf jeden Fall nichts, was mit Sex zu tun hat. Er hat mir sogar einmal den Hintern versohlt, aber so richtig. Das hatte ich damals nötig. Ich war, bevor ich plötzlich Ricks Mutter wurde, ein ganz wildes Mädchen. Als meine Männergeschichten überhandnahmen, hat Vincent mich einmal gepackt und dann gab's was auf den Hintern. Ich war ihm deswegen nie böse. Er hatte Recht gehabt. Obwohl Vincent zwei Jahre jünger ist als ich, war er plötzlich mein großer Bruder. Das war eine andere Art von Liebe. Als Vincent vor Gericht stand und zu zehn Jahren Gefängnis verurteilt wurde, eine Strafe, die unverhältnismäßig hoch war – und das sage ich als Frau – kam es mir vor, als wolle man ihn wegsperren – und zwar für immer. Ich hatte den Glauben an die Gerechtigkeit verloren. Ich wusste, dass er unschuldig war, aber irgendjemand sollte geschont werden. Man suchte einen Sündenbock, das sollte Vincent sein. Nur dann, Vincent, bist du zweiundzwanzig Jahre weggeblieben. Bis zu Ricks Anruf hatte ich geglaubt, du seist tot.

Zu Beginn wollte ich dich im Gefängnis besuchen: abgelehnt. Später hieß es: Er sitzt hier nicht mehr ein, verlegt worden. Es gab keine Spur mehr. Weshalb hätte ich mit Rick darüber reden sollen? Ich war zwanzig, als ich ihn bekam, er zwei. Vincent war in Greven kein Thema mehr. Aber jetzt ist Vincent wieder ein Thema, wenigstens für mich.

Sophie, bei mir zuhause wohnt mein Freund. Wir haben bestimmt noch nicht geheiratet, weil ich auf Vincent gewartet habe, sondern weil ich bereits zweimal verheiratet war und beide Männer nach kurzer Ehe verstorben sind. Das wollte ich meinem neuen Freund nicht zumuten.

Keine Angst, Sophie. Ich bin nun wirklich keine Konkurrenz für dich. Aber Vincent war ein Teil meines Lebens. Er ist – Präsens – ein Teil meines Lebens. Vielleicht komme ich jetzt in dieser Sache zur Ruhe.

Als ich Rick bekam, wurde ich von einer Sekunde zur nächsten vom wilden Mädchen zur Vorzeigemama. Das verdanke ich auch Vincent. Er und Rick haben mich geprägt. Sophie, schnapp dir Vincent! Ich bin leider vergeben. Aber einen besseren Mann als Vincent suchst du vergeblich."

„Elsa, nun nimm dich mal zurück! Du lobst hier jemanden, den du vor zweiundzwanzig Jahren gekannt hast, vielleicht sogar ein wenig geliebt hast. Aber was ich in diesen Jahren erlebt habe, reicht normalerweise für ein Dutzend Leben. Nur, und jetzt wende ich mich an Sophie, verurteile mich nicht zu früh. In den nächsten zwei oder drei Stunden entsteht für euch ein anderer Vincent. Urteilt erst zum Schluss!"

Elsa, die sich immer noch an Vincent klammerte, widersprach sofort: „Ich habe dich wieder und du, mach dich nicht zu schlecht! Für so viel Ungerechtigkeit, kann man vieles verzeihen. Erzähl!"

Kapitel 22

Vincents Geschichte: 2. Teil

„Das ist einfacher gesagt als getan", begann Vincent. „Als ich gestern den Namen ‚Elsa' hörte, fiel es mir wie Schuppen von den Augen. Die Zahl der Elsas in Greven ist in der Tat gering. Wahrscheinlich gibt es nur eine. Und dann fiel mir wieder ein, dass – er sah sie wieder an – meine Elsa unter Umgehung einer Schwangerschaft Mutter geworden war, Mutter eines zweijährigen Rick. Dass Sophie mich dann aber ausgerechnet mit diesem Rick bekannt machte, ist schon ein toller Zufall. Aber Greven ist keine Großstadt. Und wahrscheinlich sind die meisten Grevener miteinander verwandt oder wenigstens bekannt. Jetzt sitzen hier drei Grevener, eine Münsteranerin und eine Dänin und wollen eine Geschichte rekonstruieren, die sich nicht rekonstruieren lässt. In dieser Geschichte lässt sich nichts wieder gut machen oder reparieren. Sie ist geschehen, ein Verbrechen ist geschehen und verjährt. So will es das Strafgesetzbuch. Alles verjährt – bis auf Mord. Nur die meisten Beteiligten wussten bis jetzt nicht, dass es einen Mord gegeben hat. Das ändert die ganze Sache. Da ich noch lebe, ist es ein anderer, der ermordet wurde. Als Tatbestand ist das egal. Mord ist Mord und das ist der Schwachpunkt der Gegenseite. Ich kann den Mord beweisen und damit die anderen auffliegen lassen. Sollte mir etwas passieren, werden sie alle hochgehen. Meine Unterlagen liegen bei einem Anwalt. Die Beweise reichen aus, um wenigstens Rembert Mahldorf hinter Gitter zu bringen. Er ist der Gefährlichste von allen. Er glaubt tatsächlich, über den Gesetzen zu stehen. Aber ich habe ihn in der Hand."

„Der alte Mahldorf steckt hinter dem Ganzen?", fragte Elsa.

„Ja. Der eigentliche Verbrecher war Rom, sein Sohn."

„Aber der alte Mahldorf und sein Sohn haben doch ein völlig zerrüttetes Verhältnis. Das ist kein Geheimnis in Greven. Rom ist ein Ekelpaket, der Alte missachtet ihn."

„Das ist mir bekannt. Nur Rom ist das Produkt seines Vaters. Er hat nie die Chance gehabt, das zu tun, was er will oder kann. Rom hat damals Biggi misshandelt, um die politische Karriere seines Vaters zu zerstören. Dass sein Vater dann mit viel Geld einen ganzen Prozess gekauft hat, war nicht Roms Plan. Er wollte seinem Vater Schaden zufügen. Aber ein Rembert Mahldorf steht über dem Gesetz – glaubt er. Ich habe ihm einen Brief geschrieben mit dem Bibelzitat, das er damals im Prozess gegen mich benutzt hat."

„Die Rache ist mein, spricht der Herr", sagte Elsa.

„Du hast gut aufgepasst, Elsa. Aber vielleicht sollte ich die Geschichte lieber chronologisch erzählen."

„Dann fang endlich an! Ich bin jetzt schon wütend auf halb Greven."

„Also Greven, Kirmes 1994. Genauer Kirmesmontag. Da fließt der Alkohol in Strömen. Am Abend fand man, besser gesagt Rembert Mahldorf fand die arme Biggi Lagonda, fürchterlich zugerichtet und vergewaltigt. Wahrscheinlich – das kann ich nicht beweisen – hatte Rom seinen Vater angerufen. Dann agierte nur noch der alte Mahldorf: Rom musste verschwinden, dann kamen Polizei und Notarzt. Biggi kam ins Krankenhaus. Ein-Bett-Zimmer, Chefarztbehandlung. Der alte Mahlberg zahlte alles – aus christlicher Nächstenliebe, wie er im Prozess kundtat. Das Einzelzimmer war notwendig, denn Biggi sollte isoliert werden, sie sollte mit niemandem Kontakt haben. Rembert war in seinem Element, er war Herr über Leben und Tod. Zu diesem Zeitpunkt gab es noch keinen Schuldigen. Rom war abgetaucht, Biggi war nicht vernehmungsfähig und ich wusste noch nicht, dass ich ein brutaler Schläger war.

Das dauerte auch noch zwei Tage, dann wurde ich festgenommen, angeklagt und kam in Untersuchungshaft. Zu diesem Zeitpunkt war mir lediglich klar, dass ein riesiges Missverständnis vorliegen musste. Warum hätte ich Biggi vergewaltigen sollen? Sie hatte damals den Ruf, für einhundert DM Männer glücklich zu machen und für zweihundert DM sie in den Wahnsinn zu treiben.

Ich habe nie in meinem Leben eine Frau geschlagen – Stopp! – Elsas Hintern musste einmal dran glauben."

„Habe ich mich damals eigentlich dafür bedankt?", fragte Elsa.

Sie saß auf einer langen Couch neben Vincent, daneben Sophie. Rick und Greta saßen auf der anderen Seite, jeder in einem Sessel. Greta hatte die Beine hochgezogen und ihre Arme um die Beine gelegt. Ihr Kopf ruhte auf ihren Knien, sodass man ihr Gesicht nicht sehen konnte. Als sie den Kopf hob, sah Rick ihre roten Augen. Er wollte seinen Arm zu ihr ausstrecken, aber sie wehrte ab.

„Lass! Wir leben anscheinend mal wieder nicht in der besten aller Welten. Aber wenn ich das nicht alleine schaffe, wie sollte Vincent es dann schaffen? Ich muss nur zuhören, er hat es erlebt."

Vincent griff Elsas Frage auf: „Elsa, du hast mir damals den ersten und einzigen Kuss gegeben. Und kurz darauf bekamst du Rick und alle Männer hatten Hausverbot bei dir.

Doch weiter in der Geschichte. Während des Prozesses wurde mir dann klar, dass ich überhaupt keine Chance hatte. Ich hatte keine Verwandten, folglich keine Unterstützer. Deshalb war ich ausgewählt worden. Für meinen Anwalt, er war mein Pflichtverteidiger, war es der erste große Fall. Sobald er sich zu Wort meldete, wurde er zur Schnecke gemacht. Ich hatte mit dem alten Mahldorf nichts zu tun. Während des Prozesses habe ich ihn zum ersten Mal gesehen.

Mein Verteidiger hatte mir gesagt, dass man für so ein Verbrechen in aller Regel vier Jahre bekommen würde. Dass ich dann zehn

Jahre bekam – man hatte aus Biggis Körperverletzung einen versuchten Totschlag gemacht – war für mich ein Schock, ebenso für meinen Verteidiger. Zu seiner Ehrenrettung muss ich sagen, dass er sich jahrelang um Beweise für meine Unschuld bemüht hat. Er war es, der den Geldfluss aufgedeckt hat: fünf Millionen für Biggi, je fünf Millionen für den Richter und den Staatsanwalt. Auch Biggis zerrissenes Kleid ist in meinem Besitz. Damit kann ich Roms Schuld und meine Unschuld beweisen.

Den Prozess kann man nicht wieder eröffnen. Rom wird nicht bestraft werden, Biggi auch nicht. Was würde ich erreichen? Die schöne Biggi würde ihr Haus verlieren, eigentlich mein Haus. Was mit dem ehemaligen Richter und dem Staatsanwalt passieren würde, weiß ich nicht. Vielleicht verlieren sie ihre Pension oder einen Teil davon. Doch das können sie leicht mit den fünf Millionen ausgleichen. Und dem Geld wird man nicht ohne weiteres auf die Spur kommen. Ich hätte nichts davon, ich möchte aber eine Wiedergutmachung haben. Sie werden zahlen."

„Heißt das, dass du nicht viel machen kannst?", fragte Sophie.

„Sophie, wenn das so wäre, wäre ich nicht zurückgekommen und wir hätten uns nie kennengelernt. Nein, ich habe sie alle im Griff. Das bedeutete für mich zwei Jahre Vorbereitungszeit. Aber jetzt werde ich zuschlagen.

Ich war in Biggis Haus. Es gibt eine Zugangsmöglichkeit übers Dach, die sie nicht kennt. Ich habe ihr den Vorschlag gemacht, sie solle zweihunderttausend Euro für das Haus an mich zahlen und ebenso zweihunderttausend Euro für die Miete, denn sie hat dort unrechtmäßig gewohnt. Sie kann sich mit vierhunderttausend Euro freikaufen. Sie ist einverstanden. Ich habe keine Beziehung mehr zu dem Haus."

„Und sie vertraut dir?", fragte Sophie.

„Sie hat keine andere Möglichkeit. Ich habe ihren Computer geknackt. Ratet mal das Passwort."

„Nein!", rief Greta, „so verrückt kann sie nicht sein. Sie hat nicht ‚Vincent' als Passwort gewählt, oder? Das ist doch vollkommen abgedreht", entfuhr es ihr. „Erst verkaufe ich jemanden, dann werde ich tagtäglich bei der Computernutzung an ihn erinnert. Das geht doch überhaupt nicht."

„Die Sache ist noch viel schlimmer", versuchte Vincent zu erklären. „Biggi hat die fünf Millionen nie angerührt. Sie hat lediglich einige Rechnungen damit beglichen: eine neue Heizung, das neue Badezimmer. Sie verfügt über ein recht gutes Einkommen. Sie hatte den Judaslohn nicht nötig."

Greta wischte sich die Augen: „Sie hat Haus und Geld für dich aufgehoben und angelegt. Wie für einen Ehemann, dessen Rückkehr man in ferner Zukunft erwartet. Hat sie dich einmal geliebt?"

„Das glaube ich kaum, denn wir kannten uns ja gar nicht. Allerdings scheint sich bei ihr so etwas wie ein Gewissen entwickelt zu haben. Sie leidet seit langem unter der Situation. Ich hatte in ihrem Wohnzimmer eine Minikamera installiert, sodass ich sie beobachten konnte. Sie mag jetzt dreiundvierzig Jahre alt sein, vielleicht vierundvierzig, sieht aber aus wie fünfunddreißig und sie hat eine Wahnsinnsfigur."

„Woher weißt du das?", unterbrach Sophie ihn.

„Wie gesagt, Kamera. Biggi hat die Angewohnheit, jeden Morgen und jeden Abend zu duschen. Ist das notwendig? Was will sie sich abwaschen? Sie lebt mit keinem Mann zusammen, seit Jahren lebt sie alleine. Ist das das personifizierte Glück?"

„Jetzt werde nicht rührselig. Willst du ihr etwa alles vergeben?", schritt Elsa ein. „Bedenke, was sie dir angetan hat."

„Liebe Elsa, nach so langer Zeit kann man auch vergeben und im Fall Biggi werde ich das tun. Ich werde das Geld holen, mit ihr vielleicht eine Tasse Kaffee trinken und ich hoffe, dass sie dann zur Ruhe kommt. Ich habe mit ihr meinen Frieden geschlossen. Auch das ist notwendig. Ich kann nicht den Rest meines Lebens voller Hass leben. Dann hätte ich bei Sophie keine Chance. Ich kann nicht auf der Ebene von Mahldorf handeln: ‚Mein ist die Rache, spricht der Herr.' Dann wäre ich wie er. Und genau das will ich nicht. Ich will lediglich Wiedergutmachung und das kann nur finanzielle Wiedergutmachung sein. Welchen Wert haben zwanzig Jahre im Leben eines Menschen? Eine Frage, die man im Grunde genommen nicht stellen darf, weil es darauf keine Antwort gibt. Ich werde Biggi, Gödden, Scherzberger und Mahldorf einen Teil ihres Besitzes nehmen.

Ihr könnt natürlich sagen, dass Biggi mit ihren vierhunderttausend Euro gut davonkommt. Aber sie ist neben mir die einzige, die gelitten hat. Gödden und Scherzberger zahlen jeweils eine halbe Million. Sehr viel mehr besitzen sie wahrscheinlich nicht mehr. Es gab Zeiten, da haben sie auf großen Fuß gelebt. Das meiste zahlt der alte Mahldorf: eine Million Euro pro Jahr, das er mir gestohlen hat. Das heißt zwanzig Millionen für zwanzig Jahre. Er zahlt nicht nur für den Gefängnisaufenthalt, sondern auch für die Zeit danach."

Die anderen hielten den Atem an. Dann sagte Rick: „Biggi und die beiden anderen werden zahlen, weil für sie der Betrag übersichtlich ist. Aber glaubst du wirklich, dass der alte Mahldorf zwanzig Millionen Euro einfach so hinblättert? Ich kenne ihn nicht näher, aber er gilt als knallharter Geschäftsmann."

„Mahldorf kennt meine Forderungen und er hat sich als Erstes zwei Leibwächter angeschafft. Diese beiden habe ich in seinem Garten in einem Apfelbaum aufgehängt, an den Füßen, nicht am Hals. Als er sie morgens vorfand, hingen sie dort, gefesselt und geknebelt, nackt und mit einem China-Böller zwischen den Beinen. Ich habe ihnen gesagt, dass ich beim nächsten Mal die Böller zünden werde. Jetzt hat Mahldorf keine Bodyguards mehr, er bekommt auch keine mehr. Er ist schutzlos, seine Alarmanlage habe ich lahmgelegt. Seine Haushälterin hat er in Urlaub geschickt und auf Hilfe oder Unterstützung durch die Polizei kann er nicht rechnen."

„Aber zwanzig Millionen", sagte Sophie, „einmal abgesehen vom Finanzamt, wie willst du das Geld transferieren? Du kannst es doch nicht in bar mit dir rumtragen. Zudem gibt es das Geldwäschegesetz. Geld in der Menge fällt auf."

„Richtig. Das stellt natürlich ein Problem dar. Doch wir leben in der EU. Es ist schwierig, Geld von außerhalb der EU in die EU zu transportieren und umgekehrt. Innerhalb der EU ist es erheblich einfacher. Aber ein Kilo Barrengold kostet in etwa fünfunddreißigtausend Euro. Und ein Kilo ist nichts. Das ist natürlich nur eine kleine Alternative, aber Mahldorf wird mir meine Lavendelfarm in Südfrankreich kaufen. Das weiß er nur noch nicht. Es wird mir schon einiges einfallen."

„Und das macht er wirklich mit?", fragte jetzt Rick erstaunt.

„Er steht unter Druck. Zahlen oder Knast, eine andere Alternative hat er nicht. Das weiß er. Und es gibt noch einen Schwachpunkt in seinem Leben: seine Tochter Laura."

„Die kenne ich", rief Rick dazwischen. „Sie hat mit ihrer Mutter nach der Scheidung der Eltern Greven verlassen. Damals war sie in der zehnten oder elften Jahrgangsstufe. Sehr hübsch und sehr intelligent. Ich glaube, sie ist ein Jahr älter als ich. Sie ist nie wieder in Greven aufgetaucht." Er sah Greta an: „Diese Information war kein Schwärmen für eine andere Frau. Es geht um den vorliegenden Fall."

„Ich bin nicht eifersüchtig. Hab ich das nötig?"

„Nein!", antwortete Rick und an Vincent gewandt fuhr er fort: „Aber was ist nun mit Laura?"

„Sie hat in den USA am MIT als Jahrgangsbeste einen Abschluss in Wirtschaftswissenschaften gemacht."

„Und ich verkaufe Töpfe und Pfannen und suche manchmal untreue Ehemänner oder Ehefrauen. Bin ich eine gescheiterte Existenz?"

„Ach, Rick, du hast mich, du hast Greta. Was willst du mehr?", fragte Elsa, die Verhältnisse zurechtrückend. „Aber was hat diese Laura mit dem Fall zu tun?"

„Eigentlich nichts, uneigentlich alles", erklärte Vincent. „Sie ist ein gewaltiges Druckmittel, mit dem ich Rembert Mahldorf in die Knie zwingen werde. Mit dem Examen sind für Laura überall Türen und Tore geöffnet. Sie macht Karriere. Allerdings nicht, wenn bekannt wird, dass sie einen Mörder zum Vater hat. Dann endet ihre Karriere an einer Pommes-Bude."

„Und wie reagiert Rembert Mahldorf auf diese Informationen?", fragte Rick.

„Er ist stolz wie Oskar. Aber was soll er machen? Er kennt ihre Adresse nicht, auch nicht die Adresse ihrer Mutter. Eine Kontaktaufnahme ist unmöglich. Der alte Mahldorf ist gerade dabei, sein Testament zu machen. Laura soll viel erben, sehr viel. Aber sie hat sich ihm seit fast zehn Jahren verweigert. Keinerlei Kontakt."

„Woher weißt du das alles?", fragte Elsa.

„Kleiner Lauschangriff. Das ist gar nicht so schwer."

„Hast du denn Kontakt zu Laura?", mischte sich jetzt Greta ein.

„Das ist zurzeit mein Problem", erwiderte Vincent. „Es war schon schwierig genug, an Informationen über Laura zu kommen. Die habe ich dann Mahldorf zugespielt. Er platzt vor Stolz. Doch Laura ist unerreichbar für ihn. Er kann nicht in die USA fliegen, nach Boston ans MIT gehen und Laura suchen. Würde er sie finden, wäre er schneller wieder vor der Tür als er reingekommen ist. Auf jeden Fall muss man hier sehr behutsam und sensibel vorgehen. Rick könnte als ehemaliger Mitschüler ...."

„Kann er nicht!", unterbrach ihn Greta.

„Greta bist du in irgendeiner Ecke deines Herzens vielleicht doch etwas eifersüchtig?", fragte Rick ganz vorsichtig.

„Ich glaube es nicht, aber man muss doch eine Gefahr nicht mutwillig heraufbeschwören", erklärte Greta ihr Seelenleben. „Hier geht es nicht um ehemals nicht vorhandene Gefühle, sondern um die Mithilfe zur Lösung von Vincents Fall. Ich könnte die Aufgabe übernehmen. Ich spreche fließend Englisch."

Vincent sah Rick an, der bestätigend sagte: „Sie kann das."

„Und ich kann sehr einfühlsam sein. Nicht wahr, Rick? Vielleicht ist auch ein Gespräch von Frau zu Frau erfolgversprechender. Trotzdem, Rick, hattest du einmal etwas mit dieser Laura?"

„Greta, damals war ich, wie du weißt, mit Uschi zusammen. Was meinst du, was die aus mir gemacht hätte, wenn ich nebenbei noch Laura gehabt hätte?"

„Auf jeden Fall hätten wir beide dann heute keinen Spaß mehr miteinander. Es ist entschieden: Ich fahre."

„Dann wäre dieses Problem erledigt."

Auf der Couch sah man immer noch ein Gruppenbild mit Herrn. Elsa wurde unruhig: „Vincent, die Sache mit Biggi erledigst du alleine. Und was geschieht mit den beiden Münsteranern?"

„Diese bekommen die Anweisung, sich zu einem bestimmten Zeitpunkt mit einem großen Umschlag vor ihre Haustür zu stellen. Dann wird das Geld von jemandem eingesammelt."

„Von wem?"

„Wenn du willst, von dir."

„Und wenn dann die Polizei erscheint?"

„Dann sagst du einfach, das sei eine Anzahlung von dem Bestechungsgeld von 1994 und bittest die Polizisten, das Geld an sich zu nehmen. Nur, so dumm werden Gödden und Scherzberger nicht sein."

„Und die Sache mit dem Mord, den wir noch nicht kennen?", fragte Elsa weiter."

„Ihr unterbrecht ja dauernd meine Chronologie. Doch dafür zahlt Rembert Mahldorf fünf Millionen Euro als Witwenversorgung. Das Geld werde ich der Witwe allerdings persönlich übergeben müssen."

„Und wieso sollte er für diese Witwenversorgung zahlen?"

„Rembert Mahldorf hat seit ewigen Zeiten einen geheimen Wunsch. Er hätte gerne seinen Adelstitel, das kleine ‚von' zurück, auf das sein Vater verzichtet hat. Ich habe festgestellt, dass dieser Verzicht aufgrund eines formalen Fehlers ungültig ist. Dieses ‚von' ist ihm viel Geld wert. Eine Frage habe ich noch an Greta: ‚Hast du eine gewisse schauspielerische Begabung?'"

„Hat sie", antwortete Rick.

Vincent öffnete seine Umhängetasche: „Ich habe hier einen Umschlag mit Anweisungen für Rembert von Mahldorf – so habe ich ihn immer in meinen Briefen bezeichnet – und ein unbenutztes Prepaid-Handy. Zieh' deine gammeligsten Klamotten an, die du besitzt, und parfümiere dich mit Alkohol. Erzähl' Rembert, dass du dir gerade einen Hunderter verdienst, wenn du den Umschlag an Herrn Rembert von Mahldorf übergibst. Fasel ihm etwas vor, du musst nur möglichst billig erscheinen. Es muss aber glaubhaft sein."

„Glaubhaft bin ich immer."

„Schön und gut", unterbrach jetzt Elsa das Gespräch, „aber, Vincent, du kommst mit deinem Bericht nicht voran. Du bist immer noch im Gericht. Wie ging es denn mit dir weiter?"

Sie saß links neben Vincent, Sophie saß rechts neben ihm, jede hielt eine Hand von ihm.

Kapitel 23

Vincents Geschichte: 3. Teil

„Alles braucht seine Zeit. Auch das Erzählen. Aber vor dem Erzählen kommt das Erleiden", erklärte Vincent. „Zu Beginn steht die Wut. Wut auf jeden und alles. Ich wusste, dass ich unschuldig war, aber das behaupten viele im Knast, bis auf die Lebenslänglichen. Die prahlen oft mit ihren Verbrechen.

Eigentlich kam ich ohne jegliche Vorbereitung ins Gefängnis. Ich war nicht vorbestraft und wusste nicht, was mich dort erwartete. Im Knast gibt es alles: Alkohol, Tabak, Drogen. Nur eines gibt es dort nicht, auch nicht für viel Geld: Frauen. Dafür nimmt man die jüngsten Inhaftierten. Es waren Vergewaltigungen. Ich war dort vollkommen fehl am Platze. Mit meinen zwanzig Jahren hätte ich vor ein Jugendgericht gehört, anschließend in eine entsprechende Strafanstalt. Aber Richter und Staatsanwalt hatten mich wegen meiner guten geistigen Entwicklung zu einem Erwachsenen erklärt. Rein rechtlich war das nicht zu beanstanden, weil ich schon zwanzig war.

Ich war drei Tage im Gefängnis – Justizvollzugsanstalt halte ich für einen Euphemismus – als mir mitgeteilt wurde, dass der Boss, der Chef der Gefangenen, mich am Abend sehen wollte. Seine beiden Stellvertreter warnten mich: ‚Wehrst du dich, überlässt er dich uns. Das wird für dich sehr unangenehm. Ob du das dann überlebst, ist fraglich.'

Der Boss sagte mir nur: ‚Bück dich! Dort steht ein Topf mit Vaseline.' In dem Augenblick hatte ich mit dem Leben abgeschlossen, ich wollte mich nicht vergewaltigen lassen. Ich stand auf einen Stuhl gestützt und hatte die Rückenlehne fest in den Händen. Ich wirbelte mit dem Stuhl herum, um den Boss damit zu treffen. Ich traf ihn an der Schläfe. Es dauerte geschätzte fünf Minuten, bis ich aufhörte, auf ihn einzuschlagen. Der Stuhl hatte sich in seine Einzelteile zerlegt und der Boss rührte sich schon lange nicht mehr. In den Händen hielt ich nur noch die Reste der Stuhllehne. Diese wischte ich mit einem Handtuch sorgfältig ab. Ich hinterließ keine nachweisbaren Spuren. Doch der Boss hatte über ein Dutzend Knochenbrüche: Schlüsselbein links und rechts, einige Rippen, den rechten Oberarm, glatter Bruch des rechten Oberschenkels, mehrere Brüche am Kopf, einige offene Wunden.

Ich durchsuchte die Zelle des Chefs und fand ein recht dickes Bündel an Geldscheinen und noch wichtiger, ein Päckchen Rasierklingen, was absolut verboten war. Ich steckte alles ein, ich hatte mich der Denkweise eines Kriminellen angepasst: Nimm mit, was du gebrauchen kannst! Dann verließ ich die Zelle und knallte die Tür hinter mir zu.

‚Na, wie war's?', fragte einer der Stellvertreter.

‚Ich glaube, er hat genug', war meine Antwort.

Für einen Anfänger versteckte ich meine Beute in meiner Zelle sehr gut. Eine Viertelstunde später gab es einen großen Aufruhr auf dem Flur. Man hatte den Boss gefunden, aber keine einzige Spur deutete auf mich. Wie auch? So ein schmales Hemd wie ich damals war, war gar nicht in der Lage, den Boss so zuzurichten. Doch man fand Spuren seiner Stellvertreter. Richter und Staatsanwalt hatten Recht gehabt: überdurchschnittliche Intelligenz. Jeder Insasse wusste, dass ich es war, doch es gab keine Beweise. Es gab natürlich ein Gespräch mit dem Leiter der Anstalt, der seltsamerweise nicht besonders böse war, dass der Boss ausgeschaltet war – für eine sehr lange Zeit. Dieser war auch später nie mehr in der Lage, seine Position wieder einzunehmen. Der Leiter der JVA sagte ganz deutlich, dass er den Boss für ein Ekelpaket hielt, dass dieser alle Mitgefangenen ausbeute, dass jeglicher Handel im Gefängnis über ihn lief, dass ihm aber nie etwas nachzuweisen war.

Seine beiden Stellvertreter lauerten mir drei Tage später auf. Sie standen im Kraftraum der Anstalt mit bloßem Oberkörper und einem angeschliffenen Schraubendreher. Ich hatte eine der Rasierklingen zwischen den Fingern eines Handschuhs. Ich zog die Rasierklinge blitzschnell über ihre Bäuche, so tief, so dass sie sehr stark bluteten. Danach war ich der Boss.

Für mich war klar, dass die ganze Aktion von außen geplant war. Den Beweis dafür bekam ich drei Monate später: Mein Mittagessen war vergiftet. Aber ich war vorgewarnt und zwang den Essensverteiler, meine Portion zu essen. Er gestand mir den Mordversuch, man hatte ihm bei Gelingen eine hohe Summe in Aussicht gestellt.

Es gab wieder ein Gespräch mit dem Anstaltsleiter und wie soll ich sagen, er fing an, an meiner Schuld zu zweifeln. Später bekam ich die Erlaubnis, ein externes Studium aufzunehmen: Ingenieurswesen, Straßenbau.

Aus dem großen schlaksigen Jungen wurde mit der Zeit ein sehr kräftiger und sehr starker junger Mann. Jeden Tag mindestens zwei Stunden im Kraftraum zeigten ihre Wirkung. Ich wusste, dass ich auf Dauer auch mal hart durchgreifen musste.

Später wurde ich in eine andere Haftanstalt verlegt. Das ist normal. Mein Ruf eilte mir voraus und ich musste mich nie wieder beweisen.

Nach zwölf Semestern war ich Ingenieur für Straßenbau, dazu gehörte auch der Bau von kleineren Brücken. Dann kam der nächste Rückschlag: Mein Antrag auf vorzeitige Entlassung wurde abgelehnt. Mahldorf und Konsorten hatten sich durchgesetzt. Aber nach zehn Jahren musste man mich entlassen. Meine letzte Station war Stuttgart-Stammheim gewesen. Ich war ein Vorzeigehäftling, unverständlich, dass ich nicht früher entlassen wurde."

Vincent hatte sein Glas geleert, Rick schenkte nach und sagte: „Uralter Whisky, Geschenk eines Vaters, weil ich seine Tochter wiedergefunden habe."

„Auf die Töchter", sagte Vincent und trank das Glas leer.

„Alle Frauen sind Töchter", fügte Greta ganz leise hinzu und hielt ihr Glas hin und wischte eine Träne weg. Rick füllte bei allen nach: „Du hattest Recht, Vincent, wir brauchen nichts zu essen, aber viel zu trinken, sonst erträgt man deine Geschichte nicht."

Kapitel 24

Freitag, 19.8.2016, Münster

Vincents Geschichte: 4. Teil

„Bis jetzt habe ich nur das berichtet, was nach den Ereignissen in Greven vorhersehbar war. Bis zu meiner Entlassung hatte ich mir wenig Gedanken über meine Zukunft gemacht. Ich hatte ja einige studienbedingte Praktika in der sogenannten Freiheit gemacht, aber das war immer recht seltsam: Ich kam stets in Begleitung von zwei Beamten auf die Baustelle. Dort wurde ich betrachtet wie ein seltenes Tier. Danach war mir klar, dass es nicht leicht sein würde, einen Job zu finden. Weshalb sich also Gedanken über etwas machen, das ziemlich unrealistisch war? Wer stellt schon einen Schwerverbrecher ein? Ich musste erst einmal rehabilitiert werden. Über die ganzen Jahre im Gefängnis hatte ich Kontakt zu meinem Anwalt gehabt. Das ist ein westfälischer Dickschädel, wie er im Buche steht. Er hat zum Beispiel Biggis Kleid in seinen Besitz gebracht, aus der Asservatenkammer gestohlen. Er weiß auch alles über die finanziellen Leistungen Mahldorfs.

Eigentlich durfte ich nie wieder in die Freiheit kommen. Das war für Mahldorf und seine Konsorten viel zu gefährlich. Doch nach zehn Jahren war es unmöglich, meine Entlassung zu verhindern. Und diese geschieht tatsächlich in den meisten Gefängnissen so, wie man es aus Fernsehfilmen kennt: Der Gefangene, jetzt der Ex-Gefangene, verlässt das Gefängnis durch eine kleine Tür in Begleitung eines Vollzugsbeamten. Man verabschiedet sich und die große Freiheit wartet. So war es auch bei mir. Nur in dem Augenblick, als ich dem Vollzugsbeamten die Hand gab, rasten zwei Motorräder mit hoher Geschwindigkeit auf uns zu und es fielen Schüsse. Ich hatte mich auf den Boden geworfen, der Beamte lag neben mit, tot. Die Schüsse, die mir gegolten hatten, hatten ihn getroffen. Wir wurden sofort zurück ins Gefängnis gezogen.

Der Gefängnisdirektor gab mir im folgenden Gespräch Recht: „Die geben keine Ruhe. Falls Sie nach Greven zurückkehren, werden Sie sterben."

Ich hatte mir meine Rückkehr zu einfach vorgestellt. Mein Anwalt hatte mich schon vorgewarnt. Nach zehn Jahren ist alles verjährt. Nur jetzt war etwas hinzugekommen, womit niemand gerechnet hatte: ein Mordanschlag auf mich und der Mord an einem Vollzugsbeamten. Eine ganz neue Dimension tat sich auf. Mahldorf hatte zwei ungeschickte Killer engagiert, die in meinem Fall danebengeschossen hatten. Doch sie würden es wieder versuchen. Ich musste verschwinden und diesmal für immer. In dieser Nacht starb Vincent Roelvert und Jean-Luc Beauchamps wurde geboren. Der Gefängnisdirektor machte mir einen Vorschlag, der auch für Sophies Schrecken in der letzten Nacht verantwortlich war."

Vincent stand auf und zog sein T-Shirt aus. Alle zuckten zusammen, selbst Sophie, die den Anblick kannte: vier größere Narben.

„Oh, Gott!", stöhnte Elsa, „Wer hat dir das angetan, Vincent?"

„Das war der Krieg, im Tschad, in Mali, in Afghanistan und an anderen Stellen dieser friedvollen Welt."

Greta war einigermaßen ruhig geblieben. Sie hatte einen Finger auf die Narbe an seiner linken Schulter gelegt.

„Glatter Durchschuss, nicht weiter schlimm."

„Und die anderen Narben?", fragte sie.

„Granatsplitter. Mit den Narben muss man leben, wenn man nicht sterben will."

„Was meinst du, Sophie, lassen sich diese Narben friedlicher gestalten?"

„Bei einem guten Chirurgen sieht man nachher nur noch einen hellen Strich."

„Nun ja, Schönheits-OPs gab es in der Legion nicht. Ich werde euch aber nicht berichten, wie ich mir die anderen Verwundungen eingefangen habe. Aber der Vorschlag oder die Idee des JVA-Direktors war ganz einfach: die französische Fremdenlegion."

Jetzt ging ein Aufstöhnen durch den Raum.

„Aber Vincent ...", begann Elsa.

„Ja, Elsa, aus deinem lieben Vincent, der nie einer Fliege etwas zu Leide getan hatte, wurde ein Profi des Krieges."

„Geht das denn so einfach", fragte Rick, als Krimineller in die Fremdenlegion zu gelangen?"

„Nein, eigentlich geht das gar nicht. Die Legion nimmt keine Kriminellen auf. Und das war ich, wenigstens auf dem Papier. Aber mein Direktor kannte den Chef des Rekrutierungsbüros der Legion in Mulhouse und er schilderte ihm meinen Fall. Ich konnte nicht lange überlegen und stimmte zu. Noch in der Nacht brachte er mich im Kofferraum seines Wagens über die Grenze und setzte mich direkt vor dem Rekrutierungsbüro ab. Am nächsten Morgen war ich Jean-Luc Beauchamps. Dieses sogenannte Anonymat war wichtig, weil es so für niemanden mehr nachvollziehbar war, wo Vincent Roelvert geblieben war. Das Auswahlverfahren bei der Legion ist sehr hart. Maximal einer von zehn schafft es. Mein Ingenieurstudium war bestimmt nicht hinderlich, denn die Legion sucht immer Spezialisten.

Von Mulhouse ging es nach Aubagne in der Nähe von Marseille, dann nach Castelnaudary. Hier erfolgte die Grundausbildung. Nichts für Weicheier. Dann habe ich meinen ersten Kontrakt unterschrieben, für fünf Jahre. Anschließend wurde es richtig hart: Dschungelkampfausbildung in Guayana, Wüstenkampfausbildung in Djibouti. Das ist Pflicht für alle. Dann durfte ich Straßen bauen in Afghanistan, damit die reguläre französische Armee sich gefahrlos fortbewegen konnte. Das ist kein gemütlicher Job, dort habe ich mir auch meine erste schwere Verwundung eingefangen.

Nach fünf Jahren lief mein Kontrakt aus, doch mangels Alternativen verlängerte ich noch einmal um fünf Jahre. Am Schluss meiner Dienstzeit konnte ich die französische Staatsbürgerschaft annehmen, denn ich hatte mein Blut für mein Vaterland – das ist nach Auffassung aller Legionäre Frankreich – vergossen. So heißt es wörtlich in den Bestimmungen über die Vergabe der französischen Staatsbürgerschaft für Legionäre. Ich hatte ein Recht auf die französische Staatsbürgerschaft. Danach habe ich zwei Jahre benötigt, um meine Aktion gegen Mahldorf vorzubereiten. Und durch einen Zufall zog ich in das Apartment von Frau Bartenscheid. Und jetzt sitzt ihre Enkelin neben mir und weiß nicht mehr, was sie tun soll."

„Sie glaubt zu wissen, was sie tun soll. Nur sie muss zunächst einmal verstehen und begreifen, was du erzählt hast. Ich weiß nicht einmal, wer du bist: Vincent Roelvert oder Jean-Luc Beauchamps?"

„Vincent Roelvert ist nach deutschem Recht ein Krimineller. Für Elsa werde ich immer Vincent bleiben. Sie hat immer an meine Unschuld geglaubt. Du hast mich unter diesem Namen nie gekannt. Für dich bin ich Jean-Luc Beauchamps. Du hast die Wahl zwischen einem Kriminellen und einem ehemaligen Legionär."

„Kannst du es mir nicht etwas einfacher machen? Gut, ich gebe zu, ich habe den Kontakt zu dir gesucht, nicht umgekehrt. Meine Oma hält dich für einen absoluten Gentleman. Du hättest wahrscheinlich überhaupt nicht auf mich reagiert: Ich bin zu jung für dich, du willst mir nicht wehtun. Ich habe dir genügend Signale gesendet und ich verstehe jetzt, weshalb du dich so zurückgehalten hast. Eins solltest du als Westfale wissen und ich komme auch aus dieser Gegend: Wir können verdammt dickköpfig sein. Und wenn du jetzt fragst, ob ich mich für Vincent Roelvert oder für Jean-Luc Beauchamps entschieden habe, dann kann ich nur antworten: Ich habe mich für dich entschieden. Der Rest ist unwichtig."

„Dann hilf mir bitte! Meine Erfahrungen mit Frauen sind durchaus entwicklungsfähig und vor allem entwicklungsbedürftig."

„Sophie, du hast eine ziemliche Aufgabe vor dir", erklärte jetzt Greta voller Überzeugung. „Aber das haben wir Frauen fast immer. Wir sollten jetzt vielleicht einmal nachdenken, wie die weiteren Aktionen ablaufen sollen. Wir müssen die einzelnen Schritte kennen."

Kapitel 25

Vincents Geschichte: 5. Teil

„Rick, hast du noch etwas zu trinken?", fragte Elsa. „Vincent, du hattest Recht. Man kann deine Geschichte nicht mit gutem Essen ertragen, da braucht's etwas Härteres. Kann ich übrigens heute hier schlafen? Es wird wohl sehr spät werden, bis wir alles ausdiskutiert haben."

„Natürlich. Ich habe doch lange genug bei dir gewohnt."

„Siehst du Vincent, so ist mein Sohn. Gut gelungen."

„Ich hätte nie etwas anderes von dir erwartet", antwortete Vincent. „Aber jetzt zu meinem Plan."

Mittlerweile war Rick zurück, eine weitere Flasche Whisky in der Hand. Er versuchte zu erklären: „Greta und ich trinken normalerweise nur Rotwein. Der Whisky ist für Notfälle gedacht. Ein Notfall ist eingetreten, also schrumpft der Vorrat."

Jetzt übernahm wieder Vincent das Wort: „Ich habe einen Zeitplan, den ich eigentlich nicht ändern möchte. Ich bin am 10.8. in Münster angekommen. Zu diesem Zeitpunkt waren meine Briefe, abgestempelt im Briefpostzentrum Reckenfeld, schon bei den Adressaten eingetroffen. Ein Freund hatte sie hier aufgegeben. Ich werde auch an dem Tag, an dem Mahldorf zahlen muss, nicht alleine sein, denn ich bin nicht so einfältig und verlasse mich auf eine eventuelle Zusage Mahldorfs.

Biggi stellt keine Gefahr für mich dar, da bin ich mir absolut sicher. Nachdem ich festgestellt hatte, dass sie das gesamte Bestechungsgeld gehortet und angelegt hat, bekam ich fast Mitleid mit ihr – fast. Auch die beiden Münsteraner werden kein Theater machen, sie können nur verlieren.

Es bleiben die beiden Mahldorfs, Rom und sein Vater. Der alte Rembert ist für den Fall, dass Laura mitspielt, gut einzuschätzen. Was ist aber, wenn sie Nein sagt? Mahldorf geht zwar von der These aus, dass jeder Mensch käuflich oder bestechlich ist, es hängt nur von der Summe ab. Ich weiß allerdings nicht, wie Laura gestrickt ist. Und selbst wenn sie kommt, man könnte die Wahrheit vor ihr nicht komplett verbergen. Wie reagiert sie dann? Vielleicht nimmt sie Rücksicht auf ihre Mutter und spielt mit. Ihr Mutter soll nämlich auch noch erben."

„Woher weißt du das alles? Davon redet zurzeit niemand in Greven", fragte Elsa.

„In Remberts Haus gibt es Mikrophone. Ab und zu höre ich mit. Und Rembert hat die Angewohnheit, manchmal laut zu denken.

Es bleibt noch Rom übrig. Ich kann ihn nicht einschätzen. Von ihm kann ich kein Geld fordern, denn er hat keins. Er hasst seinen Vater und dieser verachtet seinen Sohn. Es scheint zwar so, als hätten sie sich, bedingt durch mein Erscheinen, etwas angenähert, ich weiß aber nicht, ob ich da richtig liege.

Ich war in Roms Haus und habe dort Medikamente gefunden, die bei Lebererkrankungen genommen werden. Außerdem scheint mit seinen Nieren etwas nicht in Ordnung zu sein. Ich kann jedoch nicht zu seinem Arzt gehen und fragen, was mit Rom los ist. Wüsste ich das, könnte ich ihn besser einschätzen. Er stellt auf jeden Fall ein Risiko dar."

„Weißt du, zu welchem Arzt er geht?", fragte Greta.

„Ja. Aber glaubst du, er würde dir alles verraten, wenn du ihm nur tief genug in die Augen schaust?"

„Vielleicht, vielleicht aber auch nicht. Doch der Praxiscomputer könnte mir alles erzählen. Ich müsste einmal versuchen, den Praxiscomputer zu knacken und du, Sophie, analysierst dann mit deinem fortgeschrittenen medizinischen Wissen die Krankenakte von diesem Rom."

„Und wie willst du an das Innenleben dieses Computers kommen?", fragte Rick. „Das kannst du nicht von hier aus. Bei allem Respekt vor deinen Hackerfähigkeiten, du müsstest erst eine Software installieren, die dir den Zugang ermöglicht."

„Rick, meine Bewunderung für dich steigt. Du hast das Wesentliche verstanden. Aus unserer Wohnung kann man das nur mit sehr viel Aufwand und Zeit schaffen. Und man braucht Programme, die ich nicht besitze, weil sie illegal sind."

„Greta, jetzt übertreibst du. Buchstabiere bitte einmal das Wort ‚illegal'. Du lebst doch mit sichtlichem Vergnügen in dieser halbillegalen Computerwelt."

„Ja, aber es würde zu lange dauern, den Praxiscomputer zugänglich zu machen. Es geht auch einfacher. Mit deiner Hilfe."

Rick zuckte zusammen. „Du hast etwas Illegales vor und willst mich in die Sache reinziehen. Gib es zu. Erzähl einfach, was du vorhast."

„Wir fahren eben auf die Schnelle nach Greven, zu dieser Praxis und du öffnest mir die Tür zum Computer. Ich installiere schnell eine Software, das dauert kaum eine Minute, und wir verschwinden wieder. Niemand wird etwas bemerken. Dann kann ich hier von unserem Sofa aus in den Computer sehen und wir wissen, woran Rom leidet."

„Und wenn der Computer ausgestellt ist?"

„Du westfälischer Pessimist! Solche Computer sind abends oder am Wochenende im Schlummermodus. So wie du! Ein Computer geht kaputt, wenn man ihn häufig an- und abstellt. Also lässt man ihn schlummern."

„Du siehst alles immer so positiv, so leicht. So eine Arztpraxis kann eine verdammt komplizierte Einbruchssicherungsanlage haben. Dann stehen wir vor der Tür und können nichts machen."

„Aber wir haben es versucht. Rom ist schließlich überhaupt nicht einzukalkulieren. Er ist der große Unsicherheitsfaktor in Vincents Bemühungen."

Rick gab schließlich auf und fügte sich, wenig überzeugt, Gretas Ideen.

Nach einer guten Stunde waren sie zurück, Greta strahlte: „Für Laien wäre es unmöglich gewesen, dort einzudringen, für Profis höchst kompliziert, für Rick fast ein Kinderspiel, eine Art sportliche Herausforderung."

„Jetzt hör mal auf, ich bin jetzt noch schweißgebadet. Das mache ich nicht noch einmal."

„Rick, ich muss dir zwei Dinge mitteilen: 1. Nie wieder werde ich so etwas von dir verlangen und 2. Ich liebe Männerschweiß."

„Können wir das Thema wechseln?"

„Ich bin schon dabei. Meine Software hat sich installiert und jetzt werden wir einmal sehen, wie es um Rom bestellt ist. Sophie, komm mit nach nebenan."

Nach einer knappen halben Stunde kamen sie zurück. Sophie begann mit ihrer Analyse: „Rom ist im Grunde genommen schon so gut wie tot: Leberzirrhose aufgrund seines jahrelangen exzessiven Alkoholkonsums. Irreparabel. Eine Transplantation könnte ihn retten, aber man transplantiert nicht bei einem Alkoholiker. Dann leidet er – obwohl leiden der falsche Ausdruck ist – unter einem ziemlichen Bluthochdruck. Seine Nieren sind in die Knie gegangen. Sie schaffen jeweils nur noch 50% der notwendigen Leistung. Das reicht zwar zurzeit noch aus, doch Rom scheint die Medikamente nicht regelmäßig zu nehmen. Liest man seine Krankenakte, dann hört sich das an wie ein geplanter Selbstmord."

„Das ist genau das, was ich befürchtet habe", sagte Vincent. „Rom war noch nie richtig einzuschätzen. Ich habe ihn zwar lange nicht gesehen, aber er macht den Eindruck, als sei ihm sein körperlicher Zustand völlig egal. Die Vergewaltigung von Biggi war eine Aktion gegen seinen Vater. Er wollte dessen Karriere schaden. Vielleicht setzt er jetzt zu einem finalen Rachefeldzug an. Wie sieht seine Lebenserwartung aus?"

„Vier Monate, wenn er so weiter macht, sechs Monate, wenn er nach den ärztlichen Vorschriften lebt. Kein großer Unterschied."

„Dann spielt er mit seinem Vater ein Spiel. Ob der es merkt, wage ich zu bezweifeln. Rembert ist zu sehr mit Laura beschäftigt, Rom spielt mal wieder nur die zweite Geige."

„Jean-Luc, sei vorsichtig! Ich möchte dich nicht verlieren wie Elsa ihren Vincent", sagte Sophie.

„Und ich möchte dich nicht noch einmal verlieren", fügte Elsa ganz leise hinzu.

„Ich werde sehr vorsichtig sein. Deshalb sollte ich meinen Plan weitererzählen, ohne dauernd von weiblichen Sorgen gestört zu werden."

„Daran wirst du dich gewöhnen müssen. Du scheinst wirklich wenig Erfahrung mit Frauen zu haben", konstatierte Greta.

„Nun ja, im Gefängnis sind Frauen, wie vielleicht bekannt, Mangelware. In der Legion ist es in den ersten Jahren sogar verboten, zu heiraten. Wir mussten zwar vor dem ersten Kampfeinsatz ein Testament machen, weil die Todesrate in der Legion sehr hoch ist, zwischen 30% und 50%."

„Und wen hast du als Erben eingesetzt?", fragte Elsa ganz leise.

„Dich", antwortete Vincent ebenso leise, „nur dein Name fiel mir ein."

Elsa klammerte sich wieder an Vincent fest.

„Vincent, Vincent, unser Wiedersehen kostet Kraft. Sophie, pass gut auf ihn auf, er ist etwas ganz Besonderes."

„Mach ich!"

„Darf der Betroffene jetzt endlich weitererzählen?"

„Schieß los!", forderte Greta ihn auf.

„Greta ist morgen am frühen Nachmittag als Erste dran: gammelige Klamotten, ungepflegt, struppiges Haar, mit Schnaps parfümiert und mit einem Hunderter wedelnd. Dann müssen wir sehen, wie er reagiert. Ruft er mich an, dann kann ich mit ihm reden. Auf jeden Fall erwarte ich, dass er in der Nacht seinen Garten beleuchtet. Danach muss ich entscheiden, wie es weitergeht. Es wird keine Verhandlung geben, nur meine Forderung. Am Donnerstag, den 25., wird hier in Münster das Geld eingesammelt. Das könnte Elsa machen. Ich werde auf jeden Fall im Hintergrund bleiben und für Elsas Sicherheit sorgen. Am Samstag, den 27., Kirmessamstag in Greven, hole ich das Geld von Biggi ab. In dieser Woche, Montag oder Dienstag, sollte Greta sich auf den Weg nach Boston machen. Hier in diesem Umschlag ist das nötige Reisegeld."

„Kein Problem, Lauras Adresse habe ich."

„Woher?", fragte Vincent.

„Computer plaudern alles aus, auch der des MIT."

„Und was dann passiert, werden wir sehen."

Vincent zog einen Umschlag aus seiner Umhängetasche und übergab ihn an Greta.

„Das sind zwanzigtausend Euro. Zahl' sie auf deinem Konto ein. In den USA kann man, glaub' ich, fast nur mit Karte bezahlen."

„Aber das ist viel zu viel", entgegnete Greta.

„Ich gehe einmal davon aus, dass alle hier anwesenden Damen etwas Besonderes sind. Also sollten sie sich auch so behandeln lassen. Du solltest in Boston nicht in einem drittklassigen Hotel absteigen. Falls Laura mit zurückkommt, müsstest du den Flug bezahlen.

Und wie ich gehört habe, bist du eine ausgezeichnete Köchin. Deshalb solltest du nicht in einem Schnellrestaurant essen."

„Ich glaube, meine Oma hat Recht: ein Gentleman."

„Sag' ich doch die ganze Zeit", stimmte Elsa zu.

Kapitel 26

Samstag, 20.8.2016, Greven

Gegen 14.00 Uhr bewegte sich eine junge Frau in leichten Schlangenlinien auf der Königstraße in Richtung Mahldorfscher Residenz. Sie sah ziemlich mitgenommen aus, die Haare zerfranst und wirr, das Makeup war zerlaufen und verwischt. Die Kleidung hatte schon bessere Zeiten gesehen. Ihr Parfüm war eindeutig Marke Gabiko, verschütteter ganz billiger Korn. Sie klingelte bei Rembert Mahldorf und wartete. Sie klingelte ein zweites und ein drittes Mal. Dann wedelte sie mit einem Umschlag, den sie in der Hand hielt. Rembert hatte sie gesehen, hatte aber wenig Lust, sich auf die Dame einzulassen. Wahrscheinlich wollte sie nur etwas Geld erbetteln. Dann sah er den Umschlag, sie hatte wohl etwas zu übergeben. Er verließ das Haus und ging nach vorne zum Eingang.

„Das wurde aber auch Zeit. Ich steh' mir ja noch die Beine in den Bauch. Aber der Preis ist gut, einhundert Euro für einhundert Meter. Den Umschlag soll ich hier abgeben und du sollst auch in den Umschlag sehen. Das wäre wichtig für irgendwas."

„Wer hat dir denn den Umschlag gegeben?", fragte Rembert.

„Der Mann dort. Oh, jetzt ist er weg. Man lässt eine Dame auch nicht so lange warten."

„Wie sah er denn aus?"

„Er hat mir einen Hunni gegeben. Dann schaue ich nicht auf den Mann, sondern auf den Schein. Du kannst mir ja auch einen Schein geben, dann zeig' ich dir auch etwas."

„Nein, lass mal", antwortete Rembert.

Von dieser Dame waren keine Auskünfte zu erzielen. Also ging er zurück ins Haus und öffnete den Umschlag: ein Handy und ein Brief.

„Sehr geehrter Herr von Mahldorf,

Sie fragen sich sicher, weshalb ich Sie immer mit dem ‚von' anrede. Ich weiß, Sie hatten und haben den Wunsch, den Titel zurückzubekommen. Bis jetzt hatten Sie wenig Erfolg mit Ihren Bemühungen. Ein Tipp von mir: Lesen Sie sich einmal die Urkunde genau durch, die Ihr Vater damals bekommen hat und schauen Sie auf das Datum der Ausstellung. Für diesen Gefallen verlange ich fünf Millionen Euro in bar als Witwenversorgung. Sie verstehen schon, wie ich das meine. Die sollten Sie bereithalten, wenn ich Sie demnächst besuchen werde.

Wollen Sie etwas zu Laura wissen, rufen Sie mich an. Das beiliegende Handy ist so präpariert, dass Sie nur eine Nummer wählen können: meine. Drücken Sie auf Grün und Sie können mit mir reden. Und vergessen Sie nicht, Ihren Garten heute Nacht zu illuminieren. Oder wollen Sie meine Vorschläge etwa ablehnen?

Vincent Roelvert"

„Verflucht, der Bursche hat mich fest in der Hand", schimpfte Rembert Mahldorf ziemlich laut. „Doch wenn Laura nicht kommt, muss ich keine Rücksicht nehmen, dann werde ich ihm zeigen, was ich noch auf dem Kasten habe."

Dann ging er an seinen Aktenschrank und zog einen Ordner mit dem Etikett „Persönliches" heraus. Das erste Schriftstück war die besagte Urkunde. Er las sie sich genau durch, auch das Datum, fand aber nichts, was ungewöhnlich war. Danach las er den gesamten Text einmal laut vor und zuckte beim Datum zusammen: 29.2.1923. Den 29. Februar gibt es nur in einem Schaltjahr. 1920 war ein Schaltjahr gewesen, 1924 auch. Nicht aber 1923. Die Urkunde war ohne gültiges Datum ausgestellt worden. War sie dann überhaupt gültig? Er wusste es nicht, aber sein Anwalt würde es wissen. Doch fünf Millionen Euro für das kleine „von", ist das nicht zu viel?

„Ich rufe einmal den Burschen an", sinnierte Rembert Mahldorf, „vielleicht bekomme ich ihn ja klein."

126

Er drückte auf den grünen Knopf, es machte dreimal „piep", dann sagte jemand: „Nun, Herr von Mahldorf, haben Sie noch eine Frage?"

„Ganz ehrlich, fünf Millionen als Witwenversorgung finde ich etwas viel."

„Wie viel ist Ihnen Ihr Leben wert? Es geht nicht darum, ob Sie zahlen oder nicht. Es geht darum, wo Sie den Rest Ihres Lebens verbringen: in luxuriöser Freiheit oder im Knast? Rainer Hahn und Karl Dicke, ihre beiden Auftragsmörder, werden reden. Seien Sie sicher."

Rembert Mahldorf zuckte zusammen. Der Bursche kannte die Namen, er bluffte nicht.

„Und noch eins", fuhr Vincent Roelvert fort, „Sie können mit mir nicht verhandeln. Entweder zahlen Sie, oder Sie erleben das, was ich zehn Jahre lang erleiden musste."

Es knackte in der Leitung. Vincent Roelvert hatte aufgelegt.

„Unverschämtheit!", dachte Rembert Mahldorf und drückte noch einmal auf den grünen Knopf: „Wie wollen Sie an mein Geld kommen, wenn ich im Knast bin?"

„Ganz einfach. Es geht um Mord. Also müsste der gesamte Prozess neu aufgerollt werden. Am Ende gäbe es einen Hauptschuldigen: Sie. Und Sie müssten an mich ein Schmerzensgeld bezahlen, ob Sie wollen oder nicht. Ein halbes Arbeitsleben haben Sie mir gestohlen, die wichtigsten Jahre im Leben eines Menschen. Und da fangen Sie an, zu verhandeln? Glauben Sie wirklich, ich nehme jetzt noch Rücksicht auf Sie? Falls Sie meine Andeutungen mit den Ländernamen nicht verstanden haben, will ich Ihnen das Geheimnis verraten: Auf der Flucht vor Ihren Killern bin ich in der französischen Fremdenlegion gelandet. Für zehn Jahre. Einige meiner ehemaligen Kameraden sind hier, um aufzupassen, dass mir nichts geschieht. Wenn die Sie in die Finger bekommen, werden Sie Ihren gesamten Besitz freiwillig an mich abtreten. Was dann von Ihnen übrig bleibt, würden weder Ihre drei Frauen, noch Rom oder Laura wiedererkennen. An Ihrer Stelle würde ich jetzt Angst bekommen. Wer soll Sie vor mir oder meinen Freunden schützen? Noch eins: Ich gebe Ihnen jetzt eine Kontonummer bei einer französischen Bank. Überweisen Sie bitte die Hälfte des Betrages, also zehn Millionen, auf dieses Konto. Ich möchte mich nämlich, sobald dieses Geschäft abgeschlossen ist, zur Ruhe setzen. Ist der Betrag auf meinem Konto eingegangen, können wir uns über Laura unterhalten."

Vincent diktierte eine Nummer, dann sagte es „klick" und das Gespräch war beendet.

Sophie hatte ihren Kleinwagen zur Verfügung gestellt, in dem sie mit Jean-Luc Beauchamps saß, damit dieser seinen Lauschangriff auf das Haus von Rembert Mahldorf durchführen konnte. Sie waren nur etwa einhundertfünfzig Meter von Mahldorfs Haus entfernt. So konnten sie über die Abhöranlage, die Jean-Luc installiert hatte, alles mithören.

„Wie schaffst du es, so ruhig und gelassen zu reagieren?", fragte Sophie.

„Zehn Jahre in der Legion und ich habe überlebt. Das schafft man nur, wenn man auch in Extremsituationen überlegt reagiert. Ich bin fast immer die Ruhe selbst."

„Fast immer?"

„Nun ja, wenn du mir zu nahe kommst, werde ich schon nervös."

„Dann fahren wir jetzt nach Hause, ein wenig Nervosität produzieren."

„Was sagt eigentlich deine Oma? Die muss doch gemerkt haben, dass zwischen uns etwas läuft."

„Für sie bist du ein Gentleman. Da ist sie sich absolut sicher. Du kannst sie später ja einmal mit auf deine Lavendelfarm nehmen. Hast du eigentlich keine Angst, dass Mahldorf sich das Geld zurücküberweisen lässt?"

„Das geht schlecht. Sobald das Geld auf meinem Konto ist, wird es auf ein anderes Konto weitergeleitet und das erste Konto wird gelöscht."

„Jetzt willst du aber plötzlich die Hälfte haben. Wie viel zahlst du denn für deine Farm?"

„Zwei Millionen, der Rest ist Altersversorgung. Ich weiß ja auch nicht, wie die Geschichte ausgeht. Du kannst ja mitkommen nach Aubagne und dir die Gegend einmal ansehen."

„Auf jeden Fall werde ich mir die Sache ansehen. So schnell wirst du mich nicht mehr los."

„Ich will dich gar nicht loswerden. Mittlerweile fühle ich mich sehr wohl in deiner Nähe. Können wir noch eben bei Elsa vorbeifahren? Vielleicht sieht sie sich heute Abend die Beleuchtung in Mahldorfs Garten an. Dann muss ich nicht noch einmal aus Münster anreisen."

„Das macht sie bestimmt. Was war denn nun zwischen euch?"

„Leider nichts. Es war der falsche Zeitpunkt und jetzt stehen zweiundzwanzig Jahre zwischen uns, zweiundzwanzig Jahre Leiden. Du hast bemerkt, wie ihr meine Geschichte an die Nieren geht. Sie ist keine Konkurrenz für dich. Außerdem ist die Elsa von damals nicht vergleichbar mit der Elsa von heute. Ich mag sie, weil sie immer an mich geglaubt hat. Aber lass uns fahren, ich möchte an etwas anderes denken."

Kapitel 27

Samstagabend, 20.8. und Sonntag 21.8.2016, Münster

Als Sophie und Jean-Luc in die Turmstraße zurückkehrten, sahen sie, dass Oma Gertrud noch im Wohnzimmer saß, denn dort herrschte große Illumination.

„Guten Abend Frau Bartenscheid."

„Bonsoir Monsieur Beauchamps. Ça va bien?"

„Merci, Madame, ça va très bien. Vous avez rafraîchi votre français?"

„Oh, das ist jetzt etwas zu viel. Ich wollte nur versuchen, ob es noch etwas geht. Aber ich lasse es lieber sein."

Sie sah die beiden an und fragte: „Hat's gefunkt?"

„Oma!", sagte Sophie, leicht errötend.

„Madame, es hat nicht gefunkt, wenigstens nicht bei mir. Es hat eingeschlagen wie eine Bombe."

„Dann ist ja alles in Ordnung. Morgen früh gibt es Frühstück für alle. Ich habe eingekauft."

„Aber Oma!"

„Sophie, ich bin zwar alt, aber weder blind noch dement. Passt 9.00 Uhr?"

„Das passt sehr gut", antwortete Jean-Luc.

In dem Augenblick summte das Handy von Jean-Luc. Elsa hatte einen Spaziergang gemacht und konnte von einer großen Illumination im Mahldorfschen Garten berichten.

Sonntagmorgen 9.00 Uhr, Frühstück bei Bartenscheids. Sophie sah erstaunt auf den Tisch.

„Oma, es ist doch kein Zufall, dass du all diese Dinge eingekauft hast, Dinge, die wir sonst nur äußerst selten haben. Lachs lass' ich mir ja noch gefallen. Aber Kaviar, gut, deutscher Kaviar, vier Sorten Käse, Honig, zwei Sorten Marmelade, Brot, Brötchen, Croissants. Hab' ich etwas vergessen? Ach ja, Schinken, geräuchert und lufttrocken, Aufschnitt, sieben Sorten. Übertreibst du nicht etwas?"

„Liebe Sophie! Als Herr Beauchamps dieses Haus zum ersten Mal betrat, hattest du eindeutig einen beschleunigten Atem und einen erhöhten Puls. Und du musstest ganz plötzlich weg, weil es dir selbst peinlich war. Dann bringst du ihn dazu, unser Kaminholz zu zerkleinern. Und wenn du einmal zufällig neben Jean-Luc stehst, wobei ich an solche Zufälle nicht glaube, dann berührst du ihn zufällig an der Hand, am Arm oder sonst wo. Und diese Art von gehäuften Zufällen gibt es nicht. Sophie, du und ich, wir sind die letzten unserer Art und es ist mir nicht gleichgültig, mit wem du ausgehst. Ich habe dir von Beginn an gesagt, dass Herr Beauchamps ein Gentleman ist. Du scheinst es jetzt begriffen zu haben. Deshalb: Herzlich willkommen, Herr Beauchamps, in der Familie Bartenscheid. Ich vermute, ich werde Sie nicht nur drei Monate lang sehen."

„Oma, jetzt reicht's aber. Das ist mir peinlich."

„Mir wäre es nicht peinlich. Ich bin früher immer ganz offen mit solchen Dingen umgegangen."

„Dann will ich auch mal ganz offen sein", entgegnete Sophie, beugte sich zu Jean-Luc und küsste ihn: „Zufrieden?"

„So meinte ich es eigentlich nicht, aber es gefällt mir, falls es Jean-Luc gefällt."

„Dem gefällt es", antwortete dieser. „Guten Appetit."

Sophies Handy klingelte. Es schien nicht besonders wichtig zu sein, es ging um Modefarben, Kleiderlängen, Hosenbeinweiten und Ähnliches. Umso überraschter war Jean-Luc, als er hörte: „Dann bis 13.00 Uhr."

„Wir sind zum Mittagessen bei Greta und Rick eingeladen. Für dich höchstwahrscheinlich das beste Essen seit 1994."

„Muss ich das jetzt verstehen?", fragte ihre Oma.

„Nein, Oma. Das war nur so ein Spruch."

Gegen 12.00 Uhr verließen Jean-Luc und Sophie das Haus.

„Wir fahren mit dem Bus. Das ist am einfachsten", hatte Sophie entschieden.

Als sie die Turmstraße verließen, kam ihnen ein Mann entgegen. Sophie schätzte ihn auf zwei Meter und einhundertzwanzig Kilo. Über Jean-Lucs Gesicht huschte ein Lächeln. Die beiden Männer umarmten sich und dann erzählten sie sich etwas in einem rasend schnellen Französisch, wobei Jean-Luc einige Male auf Sophie zeigte. Dann verbeugte sich der andere einmal kurz vor Sophie, sagte „Madame" und ging weiter.

„Was war denn das jetzt?", fragte sie. „Ich glaubte immer, ganz gut Französisch zu können, aber von dem, was ihr gesagt habt, habe ich kaum ein Wort verstanden. Und woher kennst du den Riesen?"

„Der Riese heißt Bertrand. Er war zwanzig Jahre in der Legion. Ich hatte dir gesagt, dass ich diese Aktion nicht alleine durchziehe. Zu gefährlich. Deshalb habe ich fünf ehemalige Kameraden dabei, die auf mich aufpassen. Und falls ich nächste Woche in Sachen Witwenversorgung nach Stuttgart muss, wird Bertrand auf dich aufpassen. Du wirst ihn wahrscheinlich nie sehen, aber er hat dich immer im Blick. Vor ihm brauchst du keine Angst zu haben. Er ist ein Profi und erledigt nur seine Arbeit. Im Übrigen ist er verheiratet und hat drei Kinder.

Die Lavendelfarm, die ich kaufen werde, besteht aus einem ziemlich großen Hauptgebäude und mehreren Nebengebäuden. Eines davon wird Bertrand mit seiner Familie bewohnen. Er bekommt nach zwanzig Jahren Legion eine Pension, will aber noch ein bisschen arbeiten.

Ach so, die Sprache war übrigens Südfranzösisch für Fortgeschrittene. Wir können aber auch anders und dann verstehst du alles."

„Muss ich denn beschützt werden?"

„Münster scheint ein gefährliches Pflaster zu sein. Denk an das letzte Wochenende."

Um kurz vor 13.00 Uhr hatten sie ihr Ziel erreicht.

„Sei nicht allzu überrascht, wenn du Gretas Essen probierst. Sie ist eine Spitzenköchin."

Sie betraten das Esszimmer, eine Uhr schlug einmal, also 13.00 Uhr.

„Dann wollen wir uns setzen, das Essen ist fertig. Vincent sollte dann vielleicht kein Thema sein, sondern Jean-Luc, doch der Jean-Luc von heute. Denn da gibt es noch einiges zu bereden."

Sie fingen an zu essen und es wurde schlagartig still.

„Ist was?", fragte Greta.

„Ja", antwortete Jean-Luc. „Essen war für mich über lange Zeit die Befriedigung von Hunger. Das hier ist etwas anderes."

„Das soll es auch sein. Es soll dich von deiner Vergangenheit ablenken und dich in die Gegenwart bringen.

Normalerweise habe ich meine Gefühle ganz gut im Griff, ich meine jetzt Gefühlsausbrüche wie Weinen, Rumschreien. So etwas gibt es in unserer Beziehung nicht. Zu Beginn musste ich Rick ab und zu auf die Sprünge helfen, aber das ist bei euch Westfalen normal."

„Ja, wir überdenken alles gründlich", bestätigte Jean-Luc lächelnd.

„Aber bei deiner Geschichte flossen mir die Tränen, natürlich auch vor Mitleid, aber vor allem vor Wut über diese himmelschreiende Ungerechtigkeit. Ich konnte meine Tränen nicht zurückhalten.

Ich habe als Fünfzehnjährige einmal ‚Titanic' gesehen, da war es ähnlich. Aber das war Kino, Fiktion. Jetzt ist es Realität. Und um diese Realität geht es jetzt. Ich fliege morgen Vormittag nach Frankfurt, von dort über New York nach Boston. Der Flug ist gebucht, ebenso der Rückflug für Freitag. Wenn ich es bis dahin nicht geschafft habe, Laura zu überzeugen, dann geht es eben nicht. Das Hotel ist ebenfalls gebucht, mein Koffer ist gepackt. Es kann losgehen."

Jean-Luc sah Rick an, doch dieser sagte nur: „Sie macht das, weil sie es kann. Ich glaube, sie wird mit Laura zurückkommen. Und denke nicht weiter darüber nach, wieso sie es kann. Frauen sind ein komplexes Rätsel. Das lösen wir Männer nie. Und das ist gut so."

„Noch etwas. Jean-Luc, willst du den Prozess noch einmal aufrollen, um deine Unschuld zu beweisen?"

„Eigentlich nicht. Ich habe damit abgeschlossen. Warum fragst du?"

„Würde es dir reichen, wenn niemand mehr nachforschen kann, ob es den Prozess je gegeben hat?"

„Das verstehe ich jetzt nicht."

„Es gibt dieses sogenannte Bundeszentralregister, in dem jeder verzeichnet ist, der einmal mit dem Gesetz in Konflikt geraten ist. Als Beispiel: Willi Meier wird von der Polizei beim Einbruch erwischt. Zehn Minuten später wissen die betreffenden Polizisten, dass Willi Meier kein unbeschriebenes Blatt ist und am nächsten Tag haben sie Kopien seiner Akten. Das läuft natürlich alles über den berüchtigten Computer. Wie soll die Polizei einen Vincent Roelvert überprüfen, wenn es ihn in der Datei gar nicht gibt? Wenn es dich dort aber gar nicht gibt, dann ist das der Beweis, dass du unschuldig bist."

„Du kannst so etwas?"

„Rick steht jetzt kurz vor einem Nervenzusammenbruch, weil alles, was ich dir gesagt habe, natürlich höchst illegal ist. Aber ich finde, auch ein gekaufter Prozess ist höchst illegal. Wenn es soweit ist, sag' mir Bescheid. Dann bist du aus dem Bundeszentralregister verschwunden."

Bevor Jean-Luc antworten konnte, klingelte sein Handy: „Roelvert."

„Mahldorf. Haben Sie etwas erreicht?"

„Ja. Wenn alles glatt läuft, wird Laura in acht bis zehn Tagen in Greven sein."

„Sie haben Kontakt zu ihr herstellen können?"

„Ja. Und Sie haben sich in Sachen Adelstitel erkundigt?"

„Da lässt sich wahrscheinlich etwas machen."

„Wie sieht es mit der Regelung der Witwenversorgung aus?"

„Dienstagmorgen werde ich das Geld haben. Und Ihr Geld wird bis spätestens Donnerstag angewiesen sein. Es handelt sich schließlich um ziemliche Summen. Das geht nicht schneller."

„Das verstehe ich. Ich werden Sie am Dienstagmorgen gegen 9.00 Uhr wegen der Übergabemodalitäten anrufen. Und vergessen Sie nicht unser Treffen am Kirmesmontag auf dem Marktplatz."

Damit war das Gespräch beendet.

„Wirst du alleine nach Stuttgart fahren?", fragte Sophie.

„Nein, ich habe Begleitung. Aber ich werde ihn kaum sehen, er mich umso mehr."

Kapitel 28

22. – 26.8.2016, Greven, Münster, Stuttgart

Am späten Montagvormittag brachte Rick Greta zum FMO. Greta checkte als Greta Carlsson, dänische Staatsbürgerin ein.

„Das halte ich für sinnvoll. Würde ich Laura meinen deutschen Pass unter die Nase halten und ihr erzählen, ich käme aus Greven, könnte sie eventuell sofort abblocken. Wenn ich aber mit unserer kleinen Liebesgeschichte anfange, habe ich vielleicht schon einen Fuß in der Tür."

„Fehler!"

„Welchen Fehler meinst du?"

„Es gibt zwischen uns keine kleine Liebesgeschichte, nur die Geschichte einer großen Liebe."

„Lass das, Rick. Du schlägst mich jetzt mit meiner eigenen Strategie. Aber du hast natürlich Recht. Ich werde dich dann erwähnen, vielleicht erinnert sie sich an dich."

„Greta, der Flieger wartet auf dich. Wir sollten uns verabschieden."

Greta lebte ihre Vorliebe für theatralische Verabschiedungen kurz aus und verschwand in der Warteschlange.

Am Dienstagmorgen um 9.00 Uhr rief Vincent bei Rembert Mahldorf an.

„Mahldorf."

„Roelvert. Wie sieht es mit der ersten Tranche der Zahlungen aus?"

„Um 11.00 Uhr können Sie das Geld bei mir abholen."

„Gut. Dann wird um Punkt 11.00 Uhr ein Taxi bei Ihnen halten. Der Fahrer wird nach einem Bücherpaket fragen."

„In Ordnung. Was ist mit Laura?"

„Eine weibliche Mitarbeiterin von mir versucht sie gerade zu überzeugen, dass es sinnvoll wäre, nach Greven zurückzukommen. Mehr kann ich noch nicht sagen. Kirmesmontag erfahren Sie mehr."

Sophie sah Jean-Luc an: „Wann fährst du?"

„Heute am frühen Nachmittag gibt es einen ICE nach Stuttgart. Eine Übernachtung, dann das Gespräch mit der Dame, sie hat übrigens vor zwei Jahren wieder geheiratet, einen Kollegen ihres Mannes. Am Nachmittag zurück nach Münster. Irgendwann am Abend werde ich wieder bei dir sein."

„Das ist auch lange genug! Wie geht's jetzt weiter?"

„Bestell' ein Taxi für 10.00 Uhr. Du begleitest mich bis zum Bahnhof?"

„Auf jeden Fall. Lass uns deinen Koffer packen."

Um 10.00 Uhr stand das Taxi vor der Tür. Als Beauchamps mit seinem kleinen Trolley das Haus verließ, sah Gertrud Bartenscheid entsetzt auf: „Sie wollen …?"

„Nein, ich bin schon morgen Abend zurück. Das hält Sophie schon aus."

Ein Lächeln ging über Gertrud Bartenscheids Gesicht.

In Greven ließ Jean-Luc das Taxi auf der Königstraße kurz hinter dem Völkerballkreisel halten. Sophie und er stiegen aus und der Fahrer fuhr weiter zu der angegebenen Adresse. Zehn Minuten später war das Taxi mit dem Bücherpaket zurück. Sie bestiegen wieder das Taxi und es ging in Richtung Münster, Hauptbahnhof. Unterwegs kontrollierte Jean-Luc den Inhalt des Pakets und sagte: „Es scheint alles in Ordnung zu sein."

Noch vor 20.00 Uhr hatte Beauchamps sein Hotelzimmer in einem Stuttgarter Vorort bezogen. Es lag kaum einen Kilometer von der Wohnung entfernt, die er am folgenden Tag aufsuchen wollte. Deshalb musste er noch kurz ein Telefonat führen.

„Guten Abend, Frau Kleine. Bitte legen Sie nicht sofort auf, wenn Sie gleich meinen Namen hören. Sagt Ihnen der Name Vincent Roelvert etwas?"

„Sind Sie das?"

„Ja."

„Dann sind Sie der Mann, der damals aus der JVA entlassen werden sollte, als man meinen Mann erschossen hat."

„Das stimmt. Es hat leider sehr lange gedauert, aber ich habe die Mörder und die Hintermänner ausfindig gemacht. Können wir uns darüber unterhalten?"

„Natürlich. Ist die Polizei schon informiert?"

„Nein. Das müssen Sie morgen entscheiden. Können wir uns morgen treffen?"

„Wahrscheinlich wissen Sie, wo ich wohne."

„Ja, natürlich. Ich weiß auch, dass Sie seit zwei Jahren wieder verheiratet sind. Es wäre sinnvoll, wenn ihr Mann bei dem Gespräch anwesend wäre. Ich kann allerdings nur morgen früh, da ich am Nachmittag schon wieder weg muss."

„Dann seien Sie um 10.00 Uhr hier bei mir."

Am Mittwochmorgen stand Beauchamps vor einer Wohnungstür mit dem Schild „Kleine". Er hatte seinen Trolley schon mitgenommen, weil er anschließend sofort zurück nach Münster wollte. Er drückte auf die Klingel und eine Frau, Anfang Vierzig, öffnete.

„Frau Kleine?"

„Ja. Und Sie sind Herr Roelvert?"

„Das bin ich. Darf ich reinkommen?"

„Bitte. Das ist mein Mann."

Sie setzten sich ins Wohnzimmer.

„Entschuldigen Sie bitte", sagte Herr Kleine, „empfinden Sie es bitte nicht als Misstrauen. Aber wenn nach zwölf Jahren jemand erscheint und behauptet, er kenne die Mörder, dann macht mich das stutzig. Kann ich vielleicht Ihren Ausweis sehen?"

„In zwei Minuten. Frau Kleine, ist mein Name irgendwann einmal von Ihrem ersten Mann erwähnt worden?"

„Am Tage, als mein Mann erschossen wurde, sagte er mir beim Frühstück wörtlich: ‚Heute entlasse ich einen Mann, der zehn Jahre unschuldig gesessen hat. Seine Unschuld lässt sich nur nicht beweisen.'"

„Das war genau das Problem. Ich war unschuldig und durfte nicht zurückkehren. Deshalb der Anschlag. Auf Vermittlung des JVA-Direktors floh ich damals in der Nacht nach Mulhouse und verdingte mich für zehn Jahre in der französischen Fremdenlegion."

Er stand auf und zog sein T-Shirt hoch: „Sehen Sie, diese Narben holt man sich nicht bei der Gartenarbeit oder als Anstreicher. Seitdem gibt es Vincent Roelvert nicht mehr. Hier ist mein Ausweis."

Herr Kleine betrachtete ihn und gab ihn weiter an seine Frau.

„Ich verstehe immer noch nichts", sagte diese.

„Dann will ich mich präziser ausdrücken. Vor zwei Jahren wurde ich aus der Legion entlassen – als französischer Staatsbürger. Ich hatte eigentlich nur ein Ziel: Ich wollte Gerechtigkeit. Es dauerte ein Jahr, bis ich die beiden Männer aufgespürt hatte, die Ihren Mann erschossen haben. Wenn Sie die sehen würden, würden Sie sich entsetzt umdrehen: zwei alte, versoffene Gestalten, die keinen Cent mehr besitzen.

Der Mann, der hinter dem Anschlag stand, ist übrigens der Mann, dem ich mein ganzes Elend zu verdanken habe. Ich hatte ja genügend Zeit, zweiundzwanzig Jahre lang, um über den Sinn und Unsinn von Rache nachzudenken. Die beiden Mörder sind kaum noch haftfähig, der Hintermann ist allerdings stinkreich. Mit einem Heer von Anwälten würde er sich wahrscheinlich herausreden: Ich sollte nur eingeschüchtert werden, nicht ermordet. Das ergibt fünf Jahre, maximal sieben. Nach der Hälfte der Zeit wäre er frei. Ist das Gerechtigkeit?

Ich habe einen anderen Weg gewählt. Ich habe ihn mit meinem Wissen erpresst."

Jean-Luc Beauchamps griff in seine Umhängetasche und zog ein dickes Paket hervor, das er auf den Tisch legte.

„Das sind fünf Millionen Euro für Sie. Ich habe es ‚Witwenversorgung' genannt. Sie haben drei Kinder. Mit diesem Geld können Sie sich und Ihren Kindern ein sorgenfreies Leben bieten, wenn Sie nicht zu auffällig mit dem Geld umgehen."

Frau Kleine legte eine Hand auf ihren Bauch und sagte: „Seit einem Monat wissen wir, dass wir ein viertes Kind erwarten."

„Dann überlegen Sie gut. Alles, was ich Ihnen vorgeschlagen habe, ist illegal. Sie müssen immer vorsichtig mit dem Geld umgehen."

Sie sah ihren Mann an: „Wir hätten nie wieder finanzielle Sorgen. Wir sollten gut überlegen."

„Folgendes muss ich Ihnen noch sagen: Die Spur des Geldes ist nicht nachvollziehbar. Wenn Sie Ja sagen, bleibt das Geld hier, wenn Sie Nein sagen, nehme ich es wieder mit. Sie haben mich nie gesehen, Sie kennen weder Vincent Roelvert noch Jean-Luc Beauchamps.

„Wir nehmen das Geld", entschied Frau Kleine.

„Gut, dann will ich mich verabschieden. Ich wünsche Ihnen alles Gute."

Zwei Stunden später saß Jean-Luc Beauchamps wieder im Zug Richtung Münster. Um 21.00 Uhr nahm er seine Sophie in die Arme.

„Gibt's etwas Neues?", fragte sie.

„Aktion Witwenversorgung erfolgreich abgeschlossen. Und hier?"

„Nachricht von Greta: sehr schwierige Gespräche, sie hofft auf ein gutes Ende."

„Die Hoffnung stirbt bekanntlich zuletzt. Und was ist mit dir?"

„Es ging mir schlecht ohne dich. Jetzt ist wieder alles in Ordnung. So etwas ist mir noch nie passiert."

„Man lernt eben nie aus."

Kapitel 29

22. – 26.8.2016, Boston

Greta kannte Lauras Adresse. Sie wohnte noch auf dem Campus in einem Studentenheim. Am Morgen nach ihrer Ankunft beschloss Greta, die Lage erst einmal zu sondieren. Gegen 9.00 Uhr sah sie Laura ihr Apartment verlassen. Sie ging einige Gebäude weiter und betrat eine Art Cafeteria: Frühstück für Ausgeschlafene. Die Cafeteria war gut besucht und mit Bedienung. Laura setzte sich an den einzigen noch freien Tisch und wartete auf die Bedienung. Greta ging zielsicher ebenfalls an diesen Tisch und fragte, ob noch ein Platz frei wäre.

„Sie sind Engländerin?", fragte Laura.

„Wegen meines nicht vorhandenen amerikanischen Akzents?", lachte sie. „Nein, ich bin Dänin oder Deutsche, ganz wie Sie wollen."

„Dann können wir uns auch auf Deutsch unterhalten. Aber wieso sind Sie beides?"

„Weil ich in Flensburg geboren bin, habe ich einen deutschen Pass und weil es in Flensborg sehr viele Dänen gibt – ich bin eine von denen – habe ich auch einen dänischen Pass. Aber ich bin nicht zufällig hier."

„Das kann ich mir schon denken, doch für eine Headhunterin sind Sie zu jung."

„Werden Sie von denen schon belästigt?"

„Nun ja, gute Ergebnisse im Examen kann man in den USA nicht geheim halten."

„Keine Angst, ich habe nicht die Absicht, Sie in Arbeit zu bringen."

Greta zog ein Foto aus ihrer Tasche und zeigte es Laura.

„Kennen Sie den Mann?"

Laura sah sich das Foto an. Irgendetwas kam ihr bekannt vor.

„Sie müssen ihn sich zehn Jahre jünger vorstellen."

„Ja, ich glaube, ich habe ihn schon einmal gesehen. Aber zehn Jahre verändern einen Menschen in dem Alter. Wer ist das?"

„Mein Freund, Rick Odenthal."

„Jetzt erinnere ich mich, Gymnasium Greven, ziemlich groß, dunkelhaarig. Er war damals mit einer Quasselstrippe zusammen, die nie aufhörte zu reden."

„Stimmt. Daran ist dann die Beziehung auch zerbrochen. Heute bin ich mit ihm zusammen."

„Es waren fast alle Mädchen hinter ihm her, ich auch. Ich bin dann weg aus Greven, Scheidung meiner Eltern."

„Ich weiß. Deshalb bin ich hier."

„Wegen der Scheidung meiner Eltern?"

„Nein, aber irgendwie doch. Ich möchte Ihnen eine Geschichte erzählen, sie dauert nur eine Minute. Dann werden Sie Nein sagen und die Sache ist erledigt."

„Dann schießen Sie mal los."

Doch bevor Greta anfangen konnte, erschien die Bedienung und nahm die Bestellung auf.

„Ihr Vater ist dabei, sein Testament zu machen. Sie sollen den Großteil erben. Einzige Bedingung: Er will Sie einmal sehen."

„Sie haben mich richtig eingeschätzt: Nein."

„Gut, dann ist die Sache für mich erledigt. Freitag fliege ich zurück."

„Sie geben aber schnell auf."

Die Bedienung erschien und brachte auf einem riesigen Tablett ein gewaltiges Frühstück. Sie schenkten sich Kaffee ein und fingen an, zu essen.

„Ich könnte Ihnen noch eine Geschichte erzählen, aber die dauert zwei Stunden, vielleicht drei und eine Flasche Whisky. Danach ist uns beiden schlecht und wir heulen Rotz und Wasser."

„Sind Sie sich sicher?"

„Ja. Die Geschichte verträgt man nicht anders und eine halbe Flasche Whisky ist für junge Damen wie wir eigentlich zu viel. Aber mit weniger geht es nicht. Wie stehen Sie zu Ihrem Vater? Ist er Ihnen gleichgültig, verachten Sie ihn, hassen Sie ihn?"

„Er ist mir egal. Ich denke nicht an ihn. Ich habe ihn praktisch vergessen."

„Wenn ich Ihnen die Geschichte erzählt habe, ist er Ihnen nicht mehr egal. Sie werden ihn hassen und verachten."

„Dann mal los."

„Nein, das geht hier nicht. Und wo ist der Whisky?"

„Ist das ernst gemeint?"

„Ich bin hart im Nehmen. Aber als ich letzten Freitag diese Geschichte hörte, konnte ich sie nicht ertragen. Ohne Whisky wäre ich weggelaufen. Und ohne zu heulen – ich meine nicht weinen – hätte ich sie nicht überstanden. Die Geschichte geht über das hinaus, was man ertragen kann."

Laura sah Greta etwas skeptisch an.

„Es ist so", bestätigte Greta.

„Ich bin neugierig", bekräftigte Laura. „Wo treffen wir uns? In meinem Apartment geht das schlecht, sehr klein, sehr hellhörig."

„Dann bei mir", entgegnete Greta, „First-Class-Hotel, riesiges Zimmer, geeignet für eine Familienfeier."

„Das wäre dann geregelt. Ich kümmere mich um den Whisky."

„Wann?"

„Es geht erst morgen. Für heute Abend habe ich eine Einladung zu einem Konzert – auf Studentenniveau."

„Klassik oder Rock?"

„Rock. Wieso?"

„Ich bin erst zweiundzwanzig, arbeite aber gerade an meiner dritten Karriere. Erst war ich Sängerin in einer Rockband, dann Köchin, jetzt studiere ich Medizin."

„Eine Rocksängerin siezt man nicht. Du kommst heute Abend mit. Singst du gut?"

„Etwas besser als Janis Joplin."

Laura sah überrascht auf.

„Das war ein Witz, aber ich bin nicht schlecht."

Wie nicht anders zu erwarten, sang Greta am Abend, nachdem sie eine Stunde lang der Band zugehört hatte. Sie fragte, ob sie mal dürfe. Dann legte sie los. Nach einer halben Stunde zeigte sie auf ihren Kehlkopf und entschuldigte sich mit dem Hinweis „Stimmbänder". Ein riesiger Applaus und Laura gratulierte: „Du bist wirklich gut."

„Ich musste mir den Frust wegen der Geschichte, die ich dir morgen erzählen werde, von der Seele singen."

„Dann bin ich jetzt wirklich gespannt."

Am Mittwochabend traf Laura mit der versprochenen Flasche Whisky in Gretas Hotel ein.

„Du lebst feudal", meinte sie. „Das ist wirklich ein First-Class-Hotel."

Dann fing Greta an, Vincents Geschichte zu erzählen, mehr als zwei Stunden lang und sehr detailliert. Als sie geendet hatte, war die Flasche leer, die Papiertaschentücher verbraucht und Laura schämte sich für ihren Vater.

Dann sagte sie: „Ich fliege am Freitag mit, nicht zu meinem Vater, sondern zu diesem Vincent. Ich muss ihn sehen. Einer muss sich ja bei ihm entschuldigen. Doch was nützt eine Entschuldigung, ihm wurden zweiundzwanzig Jahre seines Lebens gestohlen."

Am Freitagmorgen erhielt Rick eine SMS: „Bereite das Gästezimmer vor. Laura kommt mit, wegen Vincent."

Kapitel 30

Donnerstag, 25.8.2016, Münster

Sophie war schon früh zur Uni gefahren, sie musste noch einiges abklären, wie sie zu Jean-Luc sagte.

„Und überlege in der Zwischenzeit einmal, wie ich mich in deine Geschichte einbringen kann. Alle helfen dir, nur ich sitze da und halte Händchen."

„Das ist doch schon was."

„Aber nicht genug."

Es war eigentlich ganz einfach. Sophie konnte nicht im Geistviertel Geld einsammeln gehen. Vielleicht war sie Ernst Gödden schon einmal über den Weg gelaufen. Solche Zufälle gibt es und ein Wiedererkennen musste vermieden werden. Also sollte sie bei Werner Scherzberger im Mauritzviertel die Kollekte durchführen. Im Geistviertel konnte es Elsa machen. Ein Anruf genügte und Elsa kündigte sich für 21.00 Uhr an.

Dann rief Beauchamps bei Ernst Gödden an. Der war völlig überrascht, Vincent Roelvert am Apparat zu haben.

„Haben Sie das Geld parat?"

„Ja."

„Packen Sie es in einen Leinenbeutel und legen Sie es um Punkt 21.30 Uhr auf den Pfeiler am Eingang zu ihrem Haus. Kurz darauf ist das Geld verschwunden und ich auch."

Das gleiche Telefonat wiederholte er bei Werner Scherzberger, nur der Termin lag fünfundvierzig Minuten später. Jetzt hatte er alle Zeit der Welt. Er ging in die Küche, um sich von Gertrud Bartenscheid zu verabschieden, er wollte sich nach einem Mittagessen umsehen.

„Das kommt gar nicht in Frage. Ich mache gerade Rouladen mit Rotkohl und selbstgemachten Semmelknödeln. Und nachher gibt es Karamellpudding. Das mögen Sie doch, oder?"

Natürlich mochte er das, auch wenn er sich nicht daran erinnern konnte, wann er das zum letzten Mal gegessen hatte. Also setzte er sich in die Küche und das Schicksal nahm seinen Lauf.

Als Sophie um 13.00 Uhr die Küche betrat, unterhielten sich Jean-Luc und Gertrud über wesentliche Dinge, wie Wetter, Kaminholz und die Vorteile einer Bügelstation.

Sophie riss die Augen auf: „Hab' ich etwas verpasst?"

Oma Gertrud hielt ihrer Enkelin eine kleine Flasche Eierlikör vor die Nase, in der Größe, wie man sie in jedem Supermarkt direkt an der Kasse findet. Hinreichend für zwei Gläschen.

„Ich habe unser häusliches Zusammenleben etwas vereinfacht und habe Bruderschaft mit Jean-Luc getrunken."

„Mit Eierlikör?"

„Mit Eierlikör."

„Ich kenne nur einen Mann, der öffentlich zugibt, Eierlikör zu trinken und der steht auf der Bühne und singt."

„Übrigens, Jean-Luc hat mich für den Herbst nach Südfrankreich eingeladen. Das Wetter soll dann sehr angenehm sein."

Sophie riss die Augen noch weiter auf: „Seid ihr sicher, dass ihr nur dieses eine kleine Fläschchen getrunken habt?"

„Absolut. Ich muss aber zugeben, dass so ein Likörchen unheimlich entspannt."

„Und wie wär's mit dem Essen?"

„Alles fertig, wir haben nur auf dich gewartet."

Nach dem Essen zogen sich Sophie und Jean-Luc in sein Apartment zurück.

„Du trinkst mit Oma Eierlikör! Weißt du, was das heißt?"

„Nein."

„Ich auch nicht. Aber ich bin jetzt sechsundzwanzig und in sechsundzwanzig Jahren habe ich Oma nie einen Tropfen Alkohol trinken sehen. Du erscheinst hier und nach wenigen Tagen trinkt sie mit dir Eierlikör und besucht dich im Herbst – weil es dann so schön ist – in Südfrankreich. Bist du Jesus?"

„Nein, der hatte die Narben woanders."

„Gottvater persönlich?"

„Nein."

„Wer bist du dann?"

„Erinnere dich an das, was Elsa über Vincent erzählt hat. Ich versuche gerade, wieder Vincent zu werden und die letzten zweiundzwanzig Jahre hinter mir zu lassen."

Sophie atmete tief durch und sagte: „Komm, Vincent, nimm mich in die Arme."

Später fragte sie: „Hast du jetzt eine Aufgabe für mich?"

„Ja. Du sammelst das Geld im Mauritzviertel ein. Hier muss es Elsa machen. Unser Kandidat Nummer 1 wohnt nur drei Straßen entfernt. Er könnte dich vom Sehen her kennen. Elsa kommt gegen 21.00 Uhr."

„Ich war in der Chirurgie der Uni, dort gibt es eine Ärztin, die den Spitznamen ,die schöne Ärztin mit den schönen Narben' hat. Sie hat natürlich selbst keine Narben, sie wird aber deine Narben fast unsichtbar machen."

Es war ein Stück vor 21.00 Uhr, als es bei Bartenscheids klingelte. Sophie rannte zur Tür, um zu verhindern, dass ihre Oma schneller war und Elsa eventuell nach Vincent fragen würde: „Er heißt hier Jean-Luc, denk' daran!", sagte sie zu ihr.

Schon erschien Oma Gertrud.

„Oma, das ist die Mutter von Rick."

„Sie sind aber eine junge Mutter."

„Sie sind ja auch eine junge Großmutter."

„Danke. Ich nehme das mal als Kompliment."

Sophie und Elsa gingen in das Apartment von Jean-Luc. Kaum hatten sie das Zimmer betreten, flüsterte Elsa: „Vincent, wie geht es dir?"

„Gut, Elsa. Es geht mir wirklich gut. Die Witwenversorgung in Stuttgart habe ich erfolgreich abgeschlossen und heute Abend werde ich mein Konto etwas aufstocken. Übrigens, morgen kommt Greta zurück, in Begleitung von Laura."

„Das weiß ich doch alles. Rick teilt seiner Mutter alles mit. Ich kann nämlich schweigen."

„Bist du denn wirklich seine Mutter?"

„Ja. Ich habe ihn schon vor langer Zeit adoptiert. Sollen wir schon gehen?"

„Etwas früh. Gödden soll den Leinenbeutel erst um 21.30 Uhr auf den Pfeiler seines Hauseingangs legen. Aber wir können noch einen kleinen Spaziergang machen und die Lage sondieren. Ich hoffe nicht, dass Gödden Dummheiten macht."

Sie verließen das Haus und Vincent stutzte: „Elsa ist das dein Auto?"

„Ja. Ich fahre 911. Jemand hat mal gesagt: ‚Eine Garage ohne 911 ist ein ödes, leeres Loch.' Ich wollte diesem Mann nicht widersprechen."

„Dann gehörst du nicht zu den Armen im Lande."

„Nein. Meine beiden verstorbenen Ehemänner haben sich rührend um meine Altersversorgung gekümmert. Falls du Geld brauchst ..."

Er lachte: „Danke. Ich sammele heute eine Million Euro ein. Das reicht erst einmal. Und morgen werden ich überprüfen, ob Mahldorf das Geld angewiesen hat."

Sie gingen ein Stück weiter, auf den Straßen war niemand zu sehen. Münster schien ausgestorben zu sein.

„Hier wohnt Ernst Gödden", sagte Vincent, „auf diesem Pfeiler liegt nachher der Leinenbeutel."

„Da drüben in der Einfahrt steht jemand", flüsterte Sophie.

Vincent zog ein Feuerzeug aus der Tasche und ließ es kurz aufleuchten. Der Mann in der Einfahrt ließ sein Feuerzeug zweimal aufleuchten.

„Keine Angst, der gehört zu mir."

„Hast du alles voll durchgeplant?", fragte Sophie.

„Selbstverständlich. Wenn ich etwas bei der Legion gelernt habe, dann den Merksatz: ‚Sichere jede Situation durch eigene Leute ab.' Ich habe in den zehn Jahren einhundertzweiundsiebzig Kameraden im Einsatz verloren. Ich habe überlebt und das soll auch so bleiben. Damit das auch für dich so bleibt, Elsa, biegst du mit dem Geld hier rechts ab. Ich werde dort stehen und auf dich aufpassen. Wir drehen noch eine Runde, dann geht es los."

Eine halbe Stunde später saßen die drei wieder in Jean-Lucs Apartment und dieser zählte überschlagsmäßig das Geld.

„Es scheint zu stimmen."

Eine gute Stunde später hatte auch Sophie einen Leinenbeutel eingesammelt und Jean-Luc zählte auch diese Summe.

„Stimmt ebenfalls. Ich bin jetzt Millionär."

„Wo willst du es zunächst deponieren?", fragte Sophie.

„In deinen Bett, da ist es sicher. Aber morgen früh bringe ich es zu meinem Anwalt. Der hat einen großen Tresor."

„Darf der denn illegales Geld annehmen und verwahren? Denn dein Geld ist unversteuert und wird es immer bleiben."

„Er weiß doch gar nicht, was in dem Beutel ist. Aber jetzt ist Feierabend. Rick ruft uns morgen an, sobald Greta und Laura zurück sind."

Kapitel 31

Für 18.00 Uhr hatten sich Greta und Laura angesagt. Ricks Z4 eignete sich nicht als Transportmittel für die beiden Damen, da Rick den Chauffeur spielen musste. Also fuhren sie mit etwas Verspätung gegen 18.30 Uhr in der Prins-Claus-Straße in einem Taxi vor. Oben erwartete sie eine Vierergruppe, bestehend aus Sophie, Vincent, Elsa und Rick.

Laura sah sich zunächst Rick an: „Ja, jetzt erinnere ich mich wieder besser. Rick, der Schwarm aller Mädchen, liiert mit einer schlimmen Quasselstrippe."

„Das war einmal. Sie redet aber immer noch so viel."

„Weshalb hatte sie eigentlich so große Chancen bei dir?"

„Um das zu erklären, braucht Rick mindestens vierundzwanzig Stunden", erläuterte Greta. „Ich könnte es schneller, das wäre aber nicht objektiv – nach Ricks Meinung. Deswegen lassen wir das lieber. Außerdem bin ich jetzt an seiner Seite."

Dann sah Laura Vincent.

„Sie müssen Vincent Roelvert sein."

Vincent nickte.

„Dann muss ich mich bei Ihnen entschuldigen, obwohl das kaum möglich ist. Ihnen ist so viel Unrecht zugefügt worden, dass jede Entschuldigung sinnlos ist. Aber es war meine Familie, die Ihnen alles zugefügt hat. Ich hatte Ihren Namen nie gehört, Sie waren mir unbekannt, bis Greta mir Ihre Geschichte erzählt hat."

„Warum wollen Sie sich entschuldigen? Sie waren ein kleines Kind, als mein Leben zerstört wurde. Jetzt bin ich dabei, an dieses alte Leben wieder anzuknüpfen."

„Ich heiße aber immer noch Mahldorf, und ich schäme mich für das, was passiert ist. Mein Vater hat das Verbrechen begangen und ich kann mich nicht einfach als nicht betroffen bezeichnen. Wenn ich etwas für Sie tun kann, sagen Sie es mir."

„Deshalb sind wir hier zusammengekommen. Ich musste Sie erst kennenlernen. Vielleicht fällt mir etwas Kluges ein."

„Ich habe Hunger", sagte Greta unvermittelt. „Was hast du gekocht, Rick?"

„Bratkartoffeln mit Spiegelei, leider angebrannt."

Greta und Elsa mussten laut lachen, die anderen guckten verständnislos in die Runde.

„Das ist ein Insider-Witz", erklärte Elsa. „Als Greta und Rick sich kennenlernten, war Rick so ziemlich der schlechteste Koch im Münsterland. Das hat sich zwar nicht gebessert, aber er kann mittlerweile sehr gut Lebensmittel einkaufen."

„Dann mache ich mich an die Arbeit", sagte Greta. „Wer hilft?"

Sophie und Greta gingen in die Küche.

Elsa blieb mit Rick, Vincent und Laura zurück. An Elsa konnte sich Laura nicht erinnern.

„Wie auch?", fragte sie. „Ich war nie mit Rick zusammen. Aber Sie, Herr Roelvert, haben Elsa gekannt, so sagte mir Greta."

„Auch deswegen bin ich hier. Sie hat mich immer für unschuldig gehalten."

Eine Stunde später saßen alle im Esszimmer.

„Also, ich habe Folgendes vor", begann Vincent, seine Pläne während des Essens zu erläutern. „Morgen findet mein Rendez-vous mit Biggi statt."

Ein Ellenbogenstoß à la Greta unterbrach ihn.

„Keine Angst, Sophie! Elsa und ich sind nun mal wie die berühmten Königskinder. Biggi habe ich erst während des Prozesses kennengelernt. Biggi hat mich verkauft. Ich kann ihr vieles verzeihen, aber ich werde nichts vergessen. Doch diese Begegnung mit ihr muss ich alleine durchstehen. Ich werde mit ihr reden und einen Kaffee trinken. In meinem Haus. Das weiß sie nur noch nicht. Anschließend ist es ihr Haus und nicht mehr meins. Mich hält dort nichts mehr. Für einen Neuanfang brauche ich auch ein neues Haus. Das Gespräch ist notwendig, weil ich verhindern muss, dass sie zum Schluss noch Dummheiten macht. Sie darf auf keinen Fall mit Rembert Mahldorf über ihren Deal reden. Am liebsten wäre es mir, sie würde für drei oder vier Tage verschwinden.

Sophie, wenn für dich die Sache nicht ganz geheuer ist, dann fahren wir gemeinsam nach Greven und gemeinsam wieder zurück. Vielleicht kannst du bei Elsa auf mich warten. Gegen 22.00 Uhr werde ich mir das Geld holen."

„Kein Problem", meinte Elsa.

„Scheiße!", fluchte Sophie plötzlich. „Bei mir kommen Gefühle hoch, die ich bisher nicht kannte: Eifersucht. Ich will das nicht, aber ich kann nichts dagegen tun."

Vincent atmete einmal tief durch und sagte dann: „Sophie würde es dich beruhigen, wenn ich dir hier und jetzt einen Heiratsantrag mache?"

Ruhe!

Sophie saß stocksteif auf dem Sofa und hielt eine Hand vor dem Mund. Laura schossen Tränen in die Augen. Greta flüsterte: „Rick, pass auf, jetzt lernst du etwas für's Leben!"

Sophie schluckte ein paarmal, dann sagte sie: „Vincent, an dem Abend, an dem du unser Haus betreten hast, habe ich mich in dich verliebt. Ich habe dir sofort gesagt, dass ein Mann im Haus nicht schlecht wäre. Du hast es wahrscheinlich für einen dummen Spruch gehalten, ich meinte es aber wörtlich. Es war mein Wunsch. Wenn du mir nach nur zwei Wochen einen Heiratsantrag machst, dann mögen andere dies vielleicht für verrückt halten. Ich würde deinen Antrag annehmen, dich aber bitten, mit der Hochzeit noch etwas zu warten."

„Sophie, solltest du gleich Ja sagen, dann bedenke …"

„Ich habe alles bedacht."

„Aufgrund meiner Unkenntnis in diesen Dingen will ich es kurz machen: Sophie, willst du meine Frau werden?"

„Ja!", sagte Sophie laut und deutlich.

„Ja!", flüsterten Greta, Laura und Elsa.

„Ist das immer mit Echo?"

„Nein", klärte Elsa Vincent auf, „das passiert nur bei dir."

„Aber ich muss jetzt nicht alle vier heiraten, oder?"

„Nein", erklärte Elsa weiter, „nur Sophie und drei andere Frauen sind traurig, weil sie nicht die Glücklichen sind."

„Das stimmt", ergänzte Greta, „Rick sollte einmal hören, wie es ist, wenn ich Ja sage."

„Das war aber verdammt leise."

„Aber mit sehr viel Gefühl."

Alle guckten Laura an, die bisher nichts gesagt hatte.

„Vielleicht war das bei mir eine Art Pawlowscher Reflex. Vielleicht sagen Frauen bei so einer Frage automatisch Ja."

„Wahrscheinlich ist es aber so, dass mit dieser Frage und der Beantwortung dieser Frage der Komplex Eifersucht oder falsche Gefühle abgeschlossen ist", versuchte Vincent jetzt wieder auf das eigentliche Thema zu kommen. „Ich gehe bei Biggi nicht davon aus, dass sie – auf welche Art auch immer – in mich verliebt ist. Seit zweiundzwanzig Jahren lebt sie mit einem schlechten Gewissen. Sie hat das gesamte Geld für mich aufgehoben. Das ist mir klar. Und würde ich alles von ihr verlangen, sie würde es mir geben. Was sie will, ist eine Art Absolution, eine Lossprechung von der Schuld. Nur so weit wird es nicht kommen. Mal sehen, was ich tun kann."

„Aber dann kommt die entscheidende Auseinandersetzung mit Lauras Vater", sagte Rick.

„Nehmt keine Rücksicht auf mich", forderte Laura die anderen auf. „Mein Verhältnis zu meinem Vater ist unrettbar zerstört. Dieser Mann hat Dinge gemacht, die ich nicht einmal ansatzweise verstehen, geschweige denn gutheißen kann. Ich bin nicht hier, um meinen Vater zu sehen oder um mit ihm zu sprechen. Ich bin hier, um zu gewährleisten, dass Vincent Roelvert wenigstens eine finanzielle Entschädigung für das erlittene Unrecht bekommt. Ich glaube nach alledem, was ich gehört habe, nicht, dass mein Vater zahlen wird."

„Das kann ich überprüfen", sagte Greta.

„Aber sei vorsichtig!", fiel ihr Rick ins Wort.

„Das bin ich doch immer."

Es dauerte fast eine Stunde, bis Greta zurückkam. Ihr Gesichtsausdruck ließ nichts Gutes vermuten.

„Vincent und Laura haben Recht. Es gibt zwar eine Anweisung auf ein Konto beim Crédit Agricole Alpes Provence in Aubagne, aber eine Rückbuchung ist vorgemerkt."

„Für wann?", fragte Vincent.

„Es gibt noch kein Datum."

„Das ist verständlich, wenn man davon ausgeht, dass er zunächst einmal Laura in seine Arme schließen will. Danach werde ich ausgeschaltet."

„Noch ein Mord?", fragte Laura entsetzt.

„Ich weiß nicht, was er vorhat, aber ich kann die Aktion beeinflussen", versuchte Vincent Laura zu beruhigen. „Wenn ich als erster ins Haus gehe und ihm mitteile, dass seine Tochter in einer halben Stunde eintrifft, dann hat er genau diese halbe Stunde für seinen Plan."

„Vincent, ich möchte nicht schon vor meiner Hochzeit Witwe werden", griff Sophie jetzt ein. „Kannst du mir versprechen, dass dir nichts passiert?"

„Es wird mir nichts passieren. Ich habe das Haus mit zwei Mikrophonen ausgestattet. Das heißt, jedes gesprochene Wort wird von meinen Jungs mitgehört. Die wissen, wann sie eingreifen müssen. Ich werde auf jeden Fall darauf drängen, dass wir ins Wohnzimmer gehen. Dann kann nichts passieren. Bertrand wird im rückwärtigen Teil des Gartens sein, unsichtbar für alle. Auf die Entfernung trifft Bertrand eine Fliege im Flug. Außerdem werde ich Rom dazu bringen, dass er zur gleichen Zeit anwesend sein wird. Ein Mord vor einem Zeugen, das geht auch bei einem Rembert Mahldorf nicht. Ein zweites Mal kann er sich nicht auf das Schweigen von Rom verlassen."

Kapitel 32

Am Kirmessamstag steigt in Greven gegen 22.00 Uhr das große Feuerwerk. Vincent hatte bewusst diese Uhrzeit gewählt, weil dann alles, was zwei oder vier Beine hat, auf der Emsbrücke steht, um sich das Schauspiel nicht entgehen zu lassen. Die Zweibeiner tun es zum Vergnügen, die Vierbeiner mit Geheul.

Vincent hatte Sophie zu Elsa gebracht, die sich sichtlich freute.

„Ich bin erst seit einer Viertelstunde zurück. Kirmesspaziergang mit Gunnar, meinem Freund. Er hätte euch gerne kennengelernt, aber ab 22.00 Uhr hat er Dienst."

„Wo arbeitet er denn?", fragte Vincent.

„Bei der Kripo. Deshalb habe ich bis jetzt versucht, jeden Kontakt zwischen euch zu vermeiden."

„Jean-Luc Beauchamps ist für die Kripo ein unbeschriebenes Blatt und Greta sorgt demnächst dafür, dass auch Vincent Roelvert vollkommen unbescholten ist."

Danach machte er sich auf den Weg zu Brigitte Lagonda. Punkt 22.00 Uhr stand er im Garten von Biggis Haus. Er sah noch, wie Biggi den Riegel der Gartentür zurückschob, das Licht im Wohnzimmer und im Eingangsbereich anließ und die Eingangstür hinter sich zuzog und abschloss. Biggi hatte das Grundstück noch nicht verlassen, da stand Vincent schon im Wohnzimmer. Er sah das Päckchen auf dem Tisch, nahm es und kontrollierte kurz den Inhalt. Es schien alles in Ordnung zu sein. Dann verstaute er das Päckchen in seiner Umhängetasche und verschwand wieder durch die Gartentür. Eine Minute später sah er Biggi vor sich. Sie ging ziemlich langsam, als warte sie auf ihn.

„Hallo, Biggi, wir haben uns lange nicht gesehen."

Sie zuckte sichtlich zusammen, sah ihn an und versuchte, ihn wiederzuerkennen.

„Vincent?"

„Ja, ich bin's."

„Ich hätte dich nicht wiedererkennt. Nur deine Stimme hat sich nicht verändert."

„Meine Augen auch nicht, sagt man. Wollen wir einen Kaffee trinken?"

„Aber wenn man uns zusammen sieht?"

„Niemand würde mich erkennen. Ich dachte auch eher bei dir."

„Bei mir?"

„Ja, es ist jetzt dein Haus. Mich hält dort nichts mehr."

„Dann gehen wir zurück."

Sie betraten das Haus, das Licht brannte natürlich noch. Jetzt sah Biggi sich Vincent genauer an.

„Ja, deine Augen haben sich natürlich nicht verändert. Vincent, seit zweiundzwanzig Jahren sehen diese Augen mich an, jeden Abend, wenn ich ins Bett gehe, jeden Morgen, wenn ich aufstehe."

„Deshalb hast du die fünf Millionen nie angerührt?"

„Ich wollte sie für dich aufbewahren."

„Ich will das Geld nicht, es gehört dir. Du hast das Haus bezahlt und mir die Miete erstattet. Das reicht."

Sie saßen mittlerweile im Wohnzimmer.

„Kaffee?", fragte sie.

„Du hast eine wunderbare Kaffeemaschine. Der brasilianische Kaffee soll sehr gut sein."

„Du weißt alles über das Haus."

Vincent stand auf und entfernte die kleine Kamera vom Wohn-zimmerschrank und eine aus dem Flur.

„Die habe ich nie bemerkt", sagte sie erstaunt.

„Das solltest du auch nicht, aber ich musste wissen, was du vor-hast."

„Dann hast du mich ja …"

„Ich konnte schlecht einen Zettel hier hinlegen: ‚Bitte nicht unbe-kleidet im Haus rumlaufen.' Aber ich kann dich beruhigen. Es gibt nicht viele Frauen in deinem Alter, die so gut aussehen wie du. Du bist immer noch atemberaubend. Warum lebst du hier alleine? Kauf' dir einen Sportwagen, Zweisitzer, Cabrio, und gehe dahin, wo sich Leute aufhalten, die viel oder sehr viel Geld verdienen. Es dürfte dir nicht schwerfallen, dort Anschluss zu finden."

„Aber es ist dein Geld."

„Nein, es gehört dir. Mahldorf wird zahlen, nicht du."

Sie tranken ihren Kaffee, dann noch einen.

„Was wäre geworden, wenn all dies nicht passiert wäre?", fragte sie.

„Du würdest besser schlafen."

„Meinst du, aus uns hätte etwas werden können?"

„Wir haben uns doch kaum gekannt. Aber vielleicht doch! Wer weiß! Doch das ist Vergangenheit. Du solltest damit abschließen."

„Aber…"

„Kein ‚aber'. Es reicht. Du hast wie ich lange genug gelitten. Wenn die ganze Sache abgeschlossen ist, werde ich ein neues Leben beginnen. Das solltest du auch tun.

Jetzt habe ich noch eine Bitte: Erzähle niemandem, dass wir unser Geschäft beendet haben. Vor allem nicht Mahldorf."

„Bestimmt nicht, du kannst dich auf mich verlassen. Noch einmal verrate ich dich nicht."

Vincents Abwesenheit hatte eine Stunde gedauert.

„Und?", fragte Sophie sichtlich angespannt.

Vincent wandte sich an Elsa: „Woran hast du mich wohl erkannt, Elsa?"

„An deinen Augen, die sind unverwechselbar."

„So war es auch bei Biggi. Zweiundzwanzig Jahre fühlte sie sich von meinen Augen beobachtet. Ich hoffe, dass sie wieder anfängt zu leben. Du siehst, Sophie, kein Grund zur Beunruhigung oder zur Eifersucht."

„Dein Antrag war also überflüssig?"

„Nein, er kam gerade richtig. Ich weiß jetzt, was ich zu tun habe. Und weshalb ich das alles tue."

Kapitel 33

Am Kirmesmontag brummt in Greven der Bär. Es ist der letzte Tag der Kirmes und der alkoholreichste. Auf dem Marktplatz stehen mehrere Bratwurstbuden, Pizza- und Bierstände. Zuerst geht man über den Lamberti-Markt, wo man alles das kaufen kann, was man im Haushalt oder als Hobbybastler braucht oder glaubt, vielleicht einmal brauchen zu können. Danach sind aber die Bierstände eng umlagert und die Zapfhähne laufen heiß.

Vincent machte mit Sophie seit 11.00 Uhr einen Rundgang über die Kirmes. Um 11.30 Uhr standen sie an einem Bierstand auf dem Marktplatz, gut versorgt mit Krakauer, Pommes und Bier. Es schmeckte einfach gut und, da auch das Wetter mitspielte, herrschte eine ausgelassene Stimmung.

Plötzlich wurde es am Nachbarbierstand laut. Rembert Mahldorf war eingetroffen und warf die erste Runde. Vincent machte Sophie auf ihn aufmerksam.

„Wie willst du jetzt vorgehen?"

„Abwarten. Noch zwei Runden lang. Dann werde ich ihm einen Zettel zukommen lassen. Mal sehen, wie er reagiert."

Sie warteten noch eine Viertelstunde, dann umrundeten sie den Bierstand, an dem Rembert Mahldorf das große Wort schwang. Dort herrschte ein ziemliches Gedränge, wie immer, wenn es etwas umsonst gibt. Es war kein Problem für Vincent, Mahldorf durch einen kleinen Jungen einen Zettel zukommen zu lassen. Jetzt standen sie Mahldorf genau gegenüber und konnten ihn beobachten. Dieser nahm den Zettel, las ihn und guckte verdutzt um sich. Der kleine Junge war schon verschwunden. Mahldorf suchte ein Gesicht, das ihn irgendwie an Vincent Roelvert erinnerte. Er sah noch einmal auf den Zettel und sagte: „Eine Runde Korn für alle." Die Umstehenden ließen Rembert Mahldorf hochleben und tranken auf sein Wohl. Sophie und Vincent sahen sich das Treiben noch eine Weile an, dann entfernten sie sich Richtung Bahnhof, um mit dem Zug zurückzufahren.

„Hattest du keine Angst, dass er dich erkennt?"

„Eigentlich nicht. Elsa hat mich sofort an meinen Augen erkannt, Biggi ebenfalls, obwohl wir uns lediglich während des Prozesses gesehen haben."

„Das war das Erste, was mir bei dir aufgefallen ist. So ein leuchtendes, klares Blau habe ich noch nie gesehen. Das fällt auf. Dann fällt also morgen Abend die Entscheidung?"

„Ich bin vorbereitet."

Kapitel 34

Dienstag, 30.8.2016, Greven

Vincent war vorbereitet, gut vorbereitet. Er hatte das Treffen mit Mahldorf für 20.00 Uhr festgelegt. Auf dem Zettel, den er Mahldorf auf der Kirmes untergeschoben hatte, hatte er auch geschrieben, dass Laura um 20.30 Uhr nachkommen würde.

Um 19.30 Uhr hatte er Rom angerufen: „Hallo Rom, Vincent hier."

„Was willst du denn? Willst du mich umbringen? Geld besitze ich nicht."

„Nein, Rom, warum sollte ich dich umbringen? Dein Vater hat dich doch damals für sein mieses Spiel missbraucht. Um seine politische Karriere nicht zu gefährden, durfte er keinen kriminellen Sohn haben. Ich kenne die Geschichte. Du warst lediglich zu feige, um für deine Tat einzustehen. Ich habe nur eine Bitte an dich."

„Du? Eine Bitte an mich?"

„Ja. Ich habe um 20.00 Uhr ein Treffen mit deinem Vater. Es geht um die finanzielle Abwicklung der Entschädigung. Ich bin mir nicht sicher, ob er sein Wort hält."

„Ich bin um 20.00 Uhr bei ihm. Vielleicht kann ich helfen."

Greta hatte sich das Konto von Rembert Mahldorf noch einmal angesehen und festgestellt, dass die Rücküberweisung für den kommenden Tag terminiert war. Sie änderte lediglich am Datum etwas: Aus 2016 wurde 2116. So musste das Geld nicht umgebucht zu werden. Dann war sie mit Laura in Ricks Z4 nach Greven gefahren. Sie warteten einhundert Meter von der Mahldorfschen Villa entfernt. Sophie saß in ihrem Kleinwagen fast direkt neben dem Eingang von besagtem Haus.

Zur festgelegten Zeit wartete Bertrand im rückwärtigen Teil des Gartens. Mit einem Knopf im Ohr konnte er verfolgen, was im Wohnzimmer gesagt wurde.

Vincent drückte Punkt 20.00 Uhr den Klingelknopf bei Mahldorf. Dieser öffnete die Tür und bat ihn ins Haus.

„Wo ist Laura?", fragte er sofort.

„Sie kommt in einer halben Stunde nach. Wir sollten zuerst das Finanzielle regeln."

„Dann zeige ich Ihnen das Geld."

Er führte Vincent ins Wohnzimmer, wo zwei Alu-Koffer auf einem Tisch lagen.

„Sie können die Koffer öffnen und sich überzeugen."

Bei Vincent schrillten jetzt die Alarmglocken. Wenn Mahldorf ihn reinlegen wollte, dann jetzt. Er trug eine dicke Strickjacke, eine Seite hing etwas herunter.

„Für wie dumm hält er mich eigentlich? Wenn ich den Koffer jetzt öffne, drehe ich ihm den Rücken zu. Dann könnte es passieren", dachte Vincent.

Doch in dem Augenblick klingelte es. Mahldorf zuckte zusammen: „Ist das schon Laura?"

„Nein, sie kommt erst um 20.30 Uhr."

Mahldorf blieb nichts anderes übrig, als zur Tür zu gehen. Dort stand Rom.

„Rom, du? Komm rein. Du kommst zur rechten Zeit. Ich glaube im Wohnzimmer ist ein Einbrecher."

„Dann hat er ja wohl mein Klingeln gehört und ist verschwunden."

„Junge, warum hältst du nicht einfach den Mund? Warum fängst du gerade jetzt an zu denken, jetzt, wo es nicht angebracht ist", dachte Rembert Mahldorf.

Inzwischen hatte Vincent beide Koffer schnell geöffnet, untersucht und wieder verschlossen: Geld, Goldbarren, Münzen.

„Will er doch zahlen?", rätselte Vincent.

Rembert Mahldorf betrat mit Rom das Wohnzimmer. Rom sah Vincent an.

„Du bist also Vincent?"

„Ja, wen hast du erwartet?"

„Du warst damals ein langes, schmales Hemd. Jetzt hätte ich nicht die geringste Chance gegen dich."

„Das stimmt. Aber zehn Jahre Fremdenlegion haben einen anderen Menschen aus mir gemacht. Ich wurde zum Profi des Krieges und dein Vater glaubt immer noch, mit mir spielen zu können."

„Er wird sein Handeln nie als falsch begreifen, weil ihm jegliches Unrechtsbewusstsein fehlt", erklärte Rom.

„Ich werde dir zeigen, wie man so ein Problem löst", sagte Rembert zu seinem Sohn.

Er griff in seine Jackentasche, zog eine Pistole hervor und richtete sie auf Vincent.

„Nicht schießen", sagte Vincent, was die beiden anderen überraschte und was Rembert Mahldorf auf sich bezog. Er lächelte, dann fiel doch ein Schuss, danach zwei weitere. Rembert Mahldorf riss die Augen auf, sackte auf die Knie und fiel dann aufs Gesicht. Rom hatte geschossen.

„Mehr kann ich nicht für dich tun", sagte er zu Vincent, setzte seine Pistole an seine Schläfe und schoss. Er war auf der Stelle tot.

„Abbruch!", sagte Vincent laut, damit das Mikrophon im Zimmer seine Stimme deutlich übertrug. Er nahm die beiden Koffer und trug sie nach draußen. An der Straße machte er Sophie ein Zeichen, sie öffnete den Kofferraum und Vincent verstaute dort beide Koffer.

„Es ist vorbei", sagte er zu Sophie, küsste sie und fuhr fort: „Ab nach Hause. Pass gut auf die Koffer auf. Das ist unsere Zukunft. Ich muss mit Laura noch hierbleiben."

Sophie gab Gas und verschwand, während Ricks Wagen mit Greta und Laura sich näherte.

„Wir müssen die Polizei rufen", sagte Vincent, „Rom hat seinen Vater erschossen und dann sich selbst."

„Muss ich jetzt ins Haus gehen, um die beiden zu identifizieren?", fragte Laura.

„Nein, jetzt noch nicht, vielleicht wenn die Polizei da ist. Greta ruf' bitte die Polizei an, sonst bekommen wir Schwierigkeiten."

Vincent ging noch einmal ins Haus und entfernte die beiden Mikrophone, die er installiert hatte. In Rembert Mahldorfs Arbeitszimmer sah er sich kurz um und fand im Regal den Aktenordner „Privates". Dort entfernte er die Briefe, die er geschickt hatte oder die ihn betrafen. Dann setzte er sich auf den Treppenstein und wartete. Laura setzte sich neben ihn.

„Und wie geht's weiter?", fragte sie.

„Ihr beiden seid Freundinnen. Ihr habt mich gebeten, euch zu begleiten. Die Tür war angelehnt, ihr habt mich vorgeschickt, ich habe die Toten gefunden."

Sie mussten nicht lange warten, dann erschien die Polizei mit großer Besetzung. Gunnar Moormann, Hauptkommissar bei der Kripo in Greven, stürmte als Erster auf das Grundstück.

„Greta, was machst du hier?"

„Meine Freundin Laura Mahldorf hat mich gebeten, sie zu ihrem Vater zu begleiten. Es sollte ein Gespräch über das Erbe und die Verteilung des Erbes stattfinden. Die Familie Mahldorf ist heillos zerstritten. Deshalb habe ich Jean-Luc Beauchamps gebeten, uns zu begleiten. Er ist der Freund einer Freundin und wie du siehst, hat er eine imposante Statur. Seine Anwesenheit sollte beruhigend wirken. Aber wir sind Gottseidank zu spät gekommen. Vielleicht würden wir sonst auch im Haus liegen."

„Wartet bitte, ich brauche natürlich noch eure Personalien."

Moormann verschwand im Haus und Vincent sagte: „Greta, du bist die beste Märchentante, die ich kenne. Wir kennen jetzt die Geschichte und daran ändert sich nichts mehr."

Es dauerte eine halbe Stunde, dann erschien Moormann wieder vor der Tür.

„Wie seid ihr eigentlich ins Haus gekommen?"

„Laura und ich haben das Haus noch gar nicht betreten", erklärte Greta. „Als wir ankamen, war die Tür angelehnt. Auf unser Rufen meldete sich niemand. So haben wir Jean-Luc gebeten, einmal nachzusehen. Das tat er dann auch, erschien aber sofort wieder und berichtete von den beiden Toten. Dann habe ich die Polizei angerufen. Jetzt seid ihr hier und könnt uns bestimmt sagen, was passiert ist."

„Es sieht so aus", sagte Moormann, „als habe der jüngere der beiden zuerst den älteren erschossen und dann sich selbst. Aber das müssen wir noch genauer untersuchen. Ich brauche jetzt noch eure Adressen. Also, Greta, wo du wohnst, das weiß ich ja. Aber Sie Frau Mahldorf? Doch zunächst muss ich Ihnen mein Beileid aussprechen. Sie haben soeben Vater und Bruder verloren."

„Seien Sie jetzt nicht entsetzt, wenn ich Ihnen sage, dass mein Halbbruder – darauf bestehe ich – ein stadtbekanntes Ekelpaket ist, pardon, war und dass mein Vater seiner Vaterrolle nie gerecht wurde. Ich habe ihn vor acht Jahren zum letzten Mal gesehen."

„Und wo wohnen Sie nun?"

„Im Augenblick bei Greta und Rick."

Moormann riss die Augen auf.

„Rick mit zwei so hübschen Frauen? Greta, meinst du, dass das gut geht?"

„Ja", antworteten zwei Stimmen.

„Das mag verstehen, wer will! Und Sie, Herr Beauchamps?"

„Zurzeit in Münster, in der Turmstraße bei Familie Bartenscheid, ansonsten in Südfrankreich, Aubagne. Das ist in der Nähe von Marseille."

„Das reicht erst einmal. Frau Mahldorf, ich muss Sie jetzt bitten, die beiden Toten zu identifizieren."

„Soll ich mitgehen?", fragte Jean-Luc.

„Ja, bitte."

Kapitel 35

Vincent und Sophie waren bei Rick und Greta nebst Laura. Greta saß an ihrem Computer, der eigentlich Ricks Computer war und fragte Vincent: „Soll ich deine Unschuld jetzt wiederherstellen?"

„Ja."

Es dauerte eine Weile, dann sagte sie: „Vincent Roelvert ist jetzt unschuldig wie ein neugeborenes Lamm. Er ist noch nicht einmal zu schnell gefahren. Jetzt meldest du dich hier in Münster polizeilich an. Deine Adresse kennst du ja. In der Stadtverwaltung erklärst du, du hättest deine Papiere verloren oder geh meinetwegen auch zur Polizei und sage, man hätte sie dir gestohlen, das ist egal. Dann bekommst du zunächst Ersatzpapiere und in wenigen Wochen bist du im Besitz deiner neuen Papiere und du wirst sehen, Vincent Roelvert ist als unbescholtener Bürger auferstanden."

„Danke, Greta!"

„Nichts zu danken. Ab jetzt bist du in Deutschland Vincent Roelvert und in Frankreich lebst du ganz legal als Jean-Luc Beauchamps. Damit bist du einzigartig."

„Ist denn das Geld, das mein Vater noch überwiesen hat, in Aubagne angekommen und auch dort geblieben?", fragte Laura.

„Dank Greta ist alles in Ordnung."

„Und ich bin froh, dass Greta jetzt in die Legalität zurückgekehrt ist", erklärte ein erleichterter Rick.

„Ach, Rick, ich hatte mir doch etwas mehr Leben in unserer Beziehung gewünscht und ich danke dir, dass du dafür gesorgt hast."

„Ich? Reden wir lieber über Laura. Hat sich bei dir jetzt alles geregelt?"

„Ich hatte gestern ein Gespräch mit dem Notar meines Vaters. Irgendwie ist die Situation jetzt völlig verrückt. Zuerst musste ich Rom und meinen Vater beerdigen, ich bin schließlich die einzige Verwandte. Laut Notar bin ich die Alleinerbin, es gibt niemanden, der noch erben könnte. Mein Vater hatte bei ihm einen Vorentwurf für ein Testament in Auftrag gegeben, das natürlich nicht gültig ist, da es nie unterschrieben wurde. Trotzdem werde ich mich im Großen und Ganzen an diese Vorgaben halten, da sie mir vernünftig erscheinen.

Ich habe ein sehr seltsames Gefühl und ich werde wohl längere Zeit hierbleiben müssen, wenn nicht auf Dauer. Zudem brauche ich die Hilfe des Notars, um das Erbe überhaupt zu verstehen. Es handelt sich um ein ganzes Geflecht von Firmen und Beteiligungen. Sophies Satz, als sie Vincent zum ersten Mal sah ‚Es ist gut einen Mann im Hause zu haben', gilt jetzt auch für mich. Aber woher nehmen, wenn nicht stehlen? Ich stehe hier allein, meine Mutter wird nicht kommen. Sie hat zu viele schlechte Erinnerungen an das Haus und an die Zeit mit meinem Vater."

„Aber du hast Freunde hier", erklärte Greta, „Freunde, auf die du dich verlassen kannst."

„Ich nehme dich beim Wort, schließlich hast du mich nach Greven gelotst. Dann gibt es noch etwas, was ich zu berichten habe: Kurz vor der Beerdigung tauchte plötzlich eine Daniela auf. Sie stellte sich als die Hauswirtschafterin meines Vaters vor. Mein Vater hatte sie nach Norderney geschickt, um sie aus der Schusslinie zu haben. Er hat dort eine Ferienwohnung. Sie scheint überhaupt sehr viel über meinen Vater zu wissen. Ich frage mich, ob das ein ganz normales Arbeitsverhältnis war – zwischen den beiden. Vielleicht ist es normal, dass man weint, wenn der Arbeitgeber, in diesem Fall mein Vater, mit dem sie sich gut verstanden hat, stirbt, oder besser: ermordet wird. Aber, dass sich da Sturzbäche von Tränen ergießen – echte Tränen muss ich sagen, keine gestellten – lässt mich nachdenklich werden, da diese Daniela im Testamentsentwurf meines

Vaters mit einer großen Summe bedacht werden soll. Sie kannte auch die Kombination zu seinem Tresor. Das geht schon ein bisschen weit, zumal sich im Tresor ein Koffer mit der Aufschrift ‚Für Daniela' befand. Ich habe ihn ihr gegeben, obwohl sie zuerst abgelehnt hat. Im Übrigen befand sich in diesem Tresor sehr viel Geld. Ich vermute Schwarzgeld. Diese Daniela wohnt zunächst einmal weiter in dem Haus. Das ist mir ganz recht, denn alleine in einem Haus zu wohnen, in dem zwei Tote lagen, ist auch kein gutes Gefühl. Außerdem kocht sie sehr gut und das Haus macht einen äußerst sauberen Eindruck. Vielleicht kann ich ja von ihr noch einiges über meinen Vater und sein Leben erfahren. Als ich ihr in Kurzform das Verbrechen meines Vaters schilderte, fiel sie aus allen Wolken. Davon hat sie bestimmt nichts gewusst. Ich muss ganz einfach abwarten, wie sich dieses Zusammenleben entwickelt."

Es klingelte. Elsa stand vor der Tür, in Begleitung von Uschi. Elsa war sichtlich nervös. Sie stellte sich direkt vor Vincent.

„Vincent, du hast neulich wörtlich zu Sophie gesagt: ‚Ich versuche gerade, wieder Vincent zu werden.' Wenn du willst, werde ich dir dabei helfen. Uschi war Ricks erste Freundin. Sie ist jetzt Frisörin."

Vincent sah die beiden an.

„Du meinst, ich soll wieder so werden, wie vor zweiundzwanzig Jahren?"

„So ungefähr. Aber nur, wenn du es willst und wenn Sophie es will."

„Mir ist das egal", erwiderte Sophie. „Ich kenne sein Bild aus seinem französischen Pass. Dort hat er kurze Haare und keinen Bart. Das soll Vincent entscheiden."

„Dann mal los!"

„Keine Angst", meinte Uschi, „ich bin zwar eigentlich Damenfrisörin, schneide aber Rick immer die Haare und ab und zu rasiere ich ihn – nass. Ich habe ihn dabei noch nie zur Ader gelassen."

Es dauerte fast eine Stunde, dann erhob sich Vincent Roelvert von seinem Stuhl.

„Das wollte ich noch einmal sehen", sagte Elsa. „Jetzt bist du der Vincent von vor zweiundzwanzig Jahren. Nun sehe ich, dass es dich wieder gibt. Das war nötig, wenigstens für mich, vielleicht auch für dich."

Vincent ging in den Flur und stellte sich vor den großen Spiegel.

„Ja, das ist gut so. Ich glaube, ich habe mich ganz gut gehalten. Wenn Sophie auch einverstanden ist, dann kann es so bleiben."

„Sophie ist einverstanden, sehr sogar und ich bin gespannt, was Oma sagt."

Informationen zum Autor und seinen Büchern
finden Sie unter www.claude-lerouge.de

Zeitfracht Medien GmbH
Ferdinand-Jühlke-Straße 7
99095 Erfurt, Deutschland
produktsicherheit@kolibri360.de